極地之惡

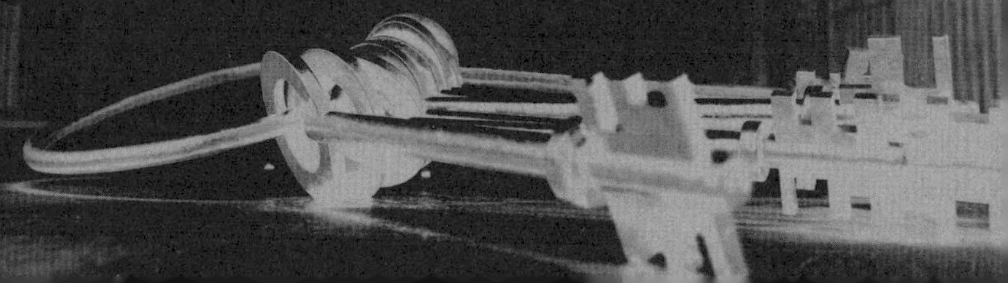

永續圖書線上購物網
讀品文化事業有限公司

WWW.foreverbooks.com.tw
yungjiuh@ms45.hinet.net

鬼物語系列 16

極地之惡

作　　者　古玥
出 版 者　讀品文化事業有限公司
執行編輯　胡校瑞
美術編輯　姚恩涵

總 經 銷　永續圖書有限公司
TEL／(02)86473663
FAX／(02)86473660
劃撥帳號　18669219
地　　址　22103 新北市汐止區大同路三段 194 號 9 樓之 1
TEL／(02)86473663
FAX／(02)86473660
出 版 日　2017年02月

法律顧問　方圓法律事務所　涂成樞律師
CVS代理　美璟文化有限公司
TEL／(02)27239968
FAX／(02)27239668

國家圖書館出版品預行編目資料

極地之惡 / 古玥著. -- 初版. -- 新北市 :
讀品文化, 民106.02
面 ; 　公分. -- (鬼物語 ; 16)
ISBN 978-986-453-045-8(平裝)

857.7　105024134

《序》

「太陽底下沒有新鮮事。」鐵支悠閒地趴在雙層鋁床的上鋪，搖搖手指，一旁殷勤按摩的瘦小男子迅速地掏出一根菸，恭敬地遞給鐵支。「但這裡四季都瞧不見太陽，有的只有規矩……」鐵支輕吐一口煙說道。

一個渾身是血的年輕人跪在不到四坪的牢房中央，身旁的兩個滿身刺青的壯漢將他壓住。一絲黏稠的血水從年輕人的嘴巴滴落，支支吾吾地發出怪聲，一個壯漢揪住他的頭往鋁床的支架撞去，這一撞讓年輕人痛到鼻血和眼淚直流。

「真是夠噁心的。」瘦小的男子邊按摩邊嬌聲抱怨。

「噁心，是他正在導正惡習的介斷症。」鐵支說：「就跟戒毒會很痛苦一樣，人的惡習就是太自由，那跟畜牲有什麼分別?要學會規矩才能像個人，所以我們要教，要教就要一次教會。」

年輕人忽然抬起頭大叫：「我要向監委會申訴，你們凌虐同房!」

「虐你媽!」兩名壯漢猛踹年輕囚犯，原本潔白的襯衫早已血跡斑斑。「敢提出申訴你就死定了!」

「來啊!我老爸是立委，把我打死他也不會放過你們的!」年輕囚犯抱著頭大吼。

鐵支坐起身，乾咳一聲，壯漢停止攻擊抬頭看著鐵支。

「看著我，」鐵支說道，年輕人不理會繼續啜泣著，「看我！」鐵支怒吼道，年輕人這才緩緩抬起頭，鐵支的後方有一扇小窗，他背著光，年輕人看不到鐵支的表情。

「你知道我們的獄卒跟囚犯管理比例多少嗎？猜，不說折斷你手指。」鐵支說。

「……一……一比三」年輕人話音剛落，鐵支揮揮手，壯漢立刻折斷年輕人的小拇指。

「啊——」年輕人痛得哀嚎。

「答案是一比十四，這個數字很無感對吧？但是扣掉休假、借調等勤務後，實際上一個獄卒要面對上百人，上百人啊。這個地獄，非有人管理不可，你明白嗎？」鐵支抽了一口菸說：「很久以前我還是小弟的時候，我老大稱監獄叫鐵棺材，我們就是一群還沒死透的孤魂野鬼。要管理這個鬼地方，規矩是必要的，就像我剛才問你話，你不答要罰，這是規矩，答錯也要罰，這也是規矩。」

這時一個獄卒經過，看到滿臉是血的年輕囚犯嚇了一大跳，用鐵棒猛敲欄杆說：「喂！你們幹嘛？」

兩名刺青壯漢面無表情地瞪著獄卒，鐵支從容地下了床，站在兩名壯漢之間，年輕囚犯衝上前死命抓住欄杆又哭又叫：「救我！快救救我！我會被殺死的！快點把我移監！」

獄卒對眼前的景象震驚不已，鐵支伸手穿過欄杆，將自己的菸遞給他說：「建忠，去做你該做的事，這裡你管不著。」

建忠吞嚥了一口口水，看了年輕囚犯一眼，年輕囚犯吼道：「不！你不能見死不救！你要幫我，這是你的職責！」

「我……」建忠話到嘴邊忽然停住，鐵支的菸在他眼前晃了晃。

「滾吧，你知道你硬不起來的，」鐵支笑中帶著威脅說：「不然下次你兒子再亂晃被我們遇到，我就讓他知道我有多硬。」瞬間牢房爆出淫穢的笑聲。

建忠一句話也沒說，默默地接過香菸，壓低帽緣轉身離開。

「不！你不能走！畜牲！你給我站住！」壯漢摀住年輕囚犯的嘴，將他壓倒在地。鐵支俯身對他說：「你以為你什麼咖？仗著自己老爸是立委，剛進來就想充當老大嚇唬我？也不去打聽這裡誰當家？當我細漢嗎？」鐵支抬頭對壯漢說：「他是你們的，隨你們享用嘍。」

「蛤，不給我嗎？」瘦弱的男子嘟著嘴抱怨。

「順子，下次再讓你爽吧，現在繼續幫我按摩。」鐵支爬上上舖，繼續享受著順子精湛的按摩技巧。他閉上眼舞動著手指，彷彿像再指揮一場災難的演奏。

「再讓他叫大聲點！」鐵支陶醉地說：「唔，我真他媽的有夠喜歡音樂的。」

悽慘的悲鳴毫不停歇，演奏了好幾個小時。

寬敞明亮的辦公室裡，典獄長將酒瓶插進一只瓶口纖細的玻璃容器裡，暗紅色的液體迅速流淌進矮胖的瓶身中。「這瓶法國波爾多是我的珍藏，幾年前有個囚犯叫他老婆探監時偷偷帶進來的，真是愚蠢，都不知道會客菜是要受檢的。」

典獄長晃了晃醒酒瓶說：「這酒老了，直接喝著酸澀。要醒酒，更要好的醒酒瓶，你說死老百姓懂這些嗎？」典獄長盯著葡萄酒的色澤，輕嗅瓶裡的芬芳露出滿足的微笑，「要喝的話可得等三十分鐘了。」

「我不是來喝酒的。」坐在典獄長對面沙發上的西裝男說道。

典獄長平時都戴著墨鏡，就算出席重要典禮也不會拿下來，對他而言，眼神會透漏太多沒必要的情緒，墨鏡是很好的面具，對囚犯而言更是權威的象徵，最重要的是可以仔細地觀察周遭而不被察覺。

「放心，貨的供應很穩定，這一季還成長五%，雖然花了很多錢才買通警察，但幾個月後一定回本。」典獄長邊說邊上下打量他，男人個子不高，但身材十分壯碩，那不是一般健身房可以鍛鍊出來的體格。

「錢不是問題，時間的浪費是上頭最無法忍受的，當然，還有覬覦羊群的狗。」男人的話令典獄長打顫。

「像你這樣的大人物，還有上頭啊？」典獄長趕緊換一個話題。

「每個人都為其他人服務。」男人的眼神銳利無比，他粗曠的面容像座山，典獄長打了個寒顫。「事情辦得如何？」男人問。

「妥當！」典獄長走到辦公桌的另一側，這邊是一整片電視牆，連接獄所的全部監視器。他得意地用手指敲著其中一個螢幕說：「這是管制口，再過不久你要找的小鬼就會被送進來。」

男人沉默一會說：「你安排他跟誰同房？」

「這鬼地方最瘋狂的老大，他凌虐新人的手法簡直媲美藝術，所有新進看到他保證嚇到屁滾尿流。」典獄長笑著說：「不過你也真狠心，讓這小鬼一進來就跟最危險的瘋子住在一起。我看過他的檔案，不過只是個平凡的大學生嘛！喝醉酒就殺了對方，嗯，真是有為青年。但像你這樣的大人物居然親自跑到這來，莫非這傢伙是上了你老婆嗎？哈哈哈。」

男人對典獄長的嘲笑毫不理會，他只是沉默，可怕的沉默。

典獄長有些不悅地說：「你們這些高層會的只有兩樣，一個是他媽的喜歡擺架子，另一個是當狗，我上頭聽說你要來嚇得跟見鬼一樣，要我對你唯命是從。這鳥不生蛋的地方關了五千個人，全部都是重刑犯跟死刑犯，監獄狹小人手不足，我還要指揮這幫雜碎種大麻。你只要穿著體面的西裝坐在辦公室裡揮揮手，我們就得做牛做馬，真是樂得輕鬆的工作啊。」

男人不發一語，這番輕蔑讓典獄長怒了，拿起醒酒瓶走向他說：「老鬼，我不管你在外頭是否能呼風喚雨，但這地方是我的地盤，有人敬酒時你最好接受。」說完他單手將酒杯的細長杯柱折斷，丟在地上用軍靴踩碎，他刻意放慢踩踏的速度，帶著詭異的笑容觀察男人的反應，一會後遞出酒杯，「否則我就親手餵你喝……」

瞬間，四周安靜到只聽得見兩人的呼吸聲。

「我從不用酒杯。」男人輕聲說道。

典獄長歪著頭問：「什麼？」忽然男人的肩膀抖動了一下，手臂瞬間扭曲成不可思議的形狀，像條鞭子般朝自己射來，他連眨眼都來不及，只感覺一陣刺耳的風壓伴隨一聲輕脆的聲響，接著感覺冰冷的液體潤濕了胸口。

男人張開右手，不知何時被切斷的一截瓶口已在他手中。

「手刀?太扯了吧?」典獄長暗付，驚愕地看著男人緩慢地用力握緊瓶口，碎裂的玻璃劃破男人的手，血緩緩地從掌心滴落至酒瓶裡。

「多謝招待。」男人接過酒瓶一飲而盡，半滴未漏，面露冷峻的表情說：「沒留你的份，下次還你。」

「不……不用了，就當作見面禮。」典獄長發現自己的聲音顫抖著，男人將空瓶還給典獄長，典獄長這才發現他的手掌粗厚，指骨結著厚實的繭。

「合作愉快，哈哈哈……」典獄長尷尬地笑著，方才的銳氣盡失。

男人忽然一個箭步上前，一手掐住典獄長的喉嚨將他高高舉起。嚇得典獄長摔破了酒瓶，痛苦地掙扎著，但男人就像塊巨石，任憑他拳打腳踢都紋風不動。

「從今以後，這裡我當家，跟我說話記得取下墨鏡，否則下次切斷的就不是瓶口，懂嗎？」語畢，男人單手將他甩在地上，轉身看著螢幕。

「咳、咳……明、明白。」典獄長氣趴在地上喘吁吁地說。

男人說：「以後我做事……」

「懂了，不過問。」典獄長匆忙地將墨鏡摘下。

「我說的話？」

「照辦！照辦！」典獄長乾咳幾聲，站起身努力保持穩定。

「很好。」男人嘴角微微一揚，這時其中一個監視器顯示一台黑色的大型運囚車駛近大門口，男人專注地凝視著，大門的警衛拉開鐵門，黑色囚車緩緩駛入。男人伸出染血的手在螢幕上劃出一條血痕，路徑切過囚車的位置，像是要把囚車劈成兩半似的。

「你說得沒錯，」男人說：「我的確狠心，但是……」男人從腰際上取下一只缺了鍊條的墜子，他打開墜子夾層，裡頭鑲著一張破損的舊照片，是一個面容和藹的女性。

「我等這一刻很久了。」男人緊握著墜子，手微微顫抖。憤怒，在冰冷的眼神底下洶湧著，彷彿要吞下一輩子的靜默。

「開始吧。」

一、死牢

「下車！不准說話，誰敢說話倒大楣！」領頭的獄卒兇狠地大聲嚷嚷，身旁跟著十幾名手持甩棍的同事。當囚犯下車時獄卒會刻意敲打車身，目的是告訴囚犯們這裡誰是「老大」，獄卒衝上前粗暴地壓著他們的頭，強迫囚犯們站成一排，走路稍慢的還會被多踹幾腳。

「動作再慢一點沒關係！」獄卒中最資深的阿凱用甩棍刺向一個年老的囚犯，老囚犯痛得跪下，這讓阿凱再度舉起甩棍朝他猛打。

「站起來！不准裝死！」阿凱追打著在地上亂竄的老囚犯，衝突造成不小騷動，有同事見狀笑問：「連個老人都搞不定，要不要幫忙啊？」阿凱面紅耳赤地大叫：「不用！」他大喊著加重甩棍的力道，老人被打得頭破血流，抱頭趴在地上哀號著。但阿凱的攻勢並沒有停下，正當他殺紅眼時，忽然有人抓住阿凱的手。

阿凱嚇了一跳，赫然發現是個年輕俊秀的囚犯。「你……」阿凱驚訝的一時之間說不出話來，這還是第一次碰到囚犯膽敢制止自己執勤。

「長官！」年輕囚犯正色道：「再打下去會出人命的，他是年紀大了行動遲緩，並不是刻意要違抗你。」

阿凱伸手想扣住囚犯的脖子卻被他輕巧地躲開：「長官你先冷靜聽我說，我……」

「說你媽！膽敢反抗，想造反啊！」阿凱氣得想揮舞甩棍，卻發現自己的手腕還被他扣著，深感被羞辱的他使勁地揮拳，年輕囚犯不斷閃避，兩人一來一往不斷轉著圈圈。

「我命令你放手，不然待會你就死定了！」阿凱罵歸罵但卻也暗自震驚，自己在所有獄卒裡臂力算大的，這年輕囚犯的身材至少差自己二十公斤，手卻像鉗子一樣緊緊扣死，甩也甩不開。而且囚犯都依規定銬著腳鐐，但他的步伐居然還如此靈敏，行動絲毫不受影響。

眾多獄卒蜂擁而上將年輕囚犯壓制在地，阿凱氣得踹了他好幾腳，年輕囚犯卻連吭也不吭一聲。

「我記住你了！」阿凱在年輕囚犯耳邊說道：「你覺得幫人出頭很有尊嚴嗎？醒醒吧！在這裡你連名字都沒有，比畜生都不如、是社會不要的渣。」阿凱朝他臉上吐了一口痰，其他獄卒們見狀紛紛爆出笑聲，阿凱撂下狠話：「來日方長，我們走著瞧！」

年輕囚犯眼睛眨也不眨，任憑唾液自臉頰滑落。那年老的囚犯在其他人攙扶下站起來，他原本想對年輕囚犯說些什麼，但最後只是朝他點點頭。

年輕囚犯從老人的眼中看到感激的淚光，不知怎地忽然有點想哭……

監獄由三棟主樓加上一棟行政大樓形成四方形的建築格局，三個獄卒押著隊伍來到一條兩側都是舍房的長廊。陳強注意到隊伍的人越來越少，最後只剩下他被帶到一處最角落的舍房門前。

「放心，我們不像阿凱那麼霸道。」帶頭的獄卒說：「阿凱就是剛剛踹你的那個傢伙，你才來第一天就跟他槓上，以後日子不好過了。」

另一個獄卒說：「是啊，不過一切也沒那麼遭，」他指著舍房說：「你的房間可舒適了，現在監獄超編，一間舍房都擠了十六個人。就獨這一間只有四個人，對你夠好了吧？」

陳強想起剛才虐囚時的獄卒這兩人也有份，現在這好好先生的模樣更顯虛偽。趁獄卒抽取鑰匙時，他觀察到舍房的旁邊的走廊盡頭有一道厚重的鐵門，上頭閃著紅燈，四周一片昏暗讓他看不清楚鐵門的牌子上寫的字。

「建忠！快點解開他的手銬啊！」獄卒催促著一直跟在隊伍最後面，帶著眼鏡沉默不語的人。那個叫建忠的人走到陳強身旁，陳強注意到他低著頭一臉陰鬱，眼神閃爍著猶豫與不捨。他取出鑰匙幫陳強解開手銬，並偷偷塞了一個東西到陳強的手中，藉由觸感陳強知道那是張被反覆折過多次的紙條。

「以後別多管閒事，不管你犯了什麼錯，表現好一點很快就可以假釋啦！」獄卒打開舍房的鐵門，他笑著拍拍陳強的肩膀為他打氣。

「謝謝。」陳強踏進舍房，四坪的牢房裡各有兩張上下舖的鋁床互為相對，忽然身後的門立刻猛力地關上。

「誰那麼吵！」宏亮的聲音令陳強嚇了一跳，他連忙答道：「抱歉吵醒你了，我是新進的。」

陳強剛說完，忽然隱約聽見門外傳來獄卒遠去的嬉笑聲，不禁覺得奇怪。

「喔？」發出聲音的是一個瘦弱蒼白的男人，他趴在鋁床上層的男人背後，下鋪個坐著兩個刺青大漢瞪著陳強。「真是的，上頭在搞什麼？居然又送人來了。」瘦弱男子嬌嗲的嗓音讓陳強起了雞皮疙瘩。

「我猜又是某個欠教訓的小子。」一個大漢折著手指說道。

瘦弱男子嘟著嘴，一臉不耐煩地抱怨：「不久前才送走一個現在又來是怎樣？把我們這當回收廠嗎？」。

「抱歉各位兄弟，我到這哪裡不是我能決定的。」陳強很有禮貌地跟瘦弱的男人點點頭，瘦弱男子上下打量著陳強，一會兒後露出饒富興味的表情。

「兄弟？」另一個大漢露出有些不屑的眼神。

此時床上的男人坐起身看著陳強，陳強看到他的臉立刻倒吸一口氣，男人臉上一道自眉間長及嘴角的刀疤，光禿禿的頭皮還有火灼燒過的痕跡。「你看什麼？」男人的大眼直盯著陳強質問道：「我很可怕嗎？」

「不。」男人凶狠的眼神令他提高警戒

「唉呦，老大你嚇著我們的小新進了！」瘦弱的男子輕盈地跳下床，走向陳強熱情地搭著他的肩說：「小哥挺帥的嘛，歡迎歡迎！跟你介紹一下我叫順子，是這裡的大尾，下鋪的這兩個是我們的保鑣，左邊刺龍的叫和尚、右邊那個刺虎的叫大頭，上鋪那位大哥是我們的老大鐵支。不是我吹牛，鐵支老大在這所監獄裡可是出了名的一把罩，你剛到就被送來真是有夠幸運的，呵呵呵，省的還要來拜碼頭！」順子將身子湊上前，一股濃厚的腥味讓陳強皺起眉頭。

「小帥哥還沒自我介紹呢。」順子嬌聲地問。

陳強輕輕地推開順子對鐵支說道：「鐵支哥，我叫陳強，請大哥多多關照。」

「你編號多少？」鐵支問。

「1444。」陳強答。

鐵支冷笑道：「1444，不就是『你死死死』嗎？小子你運氣也太背了。」

順子皺起眉頭說：「唉呦，老大你別迷信，看都嚇著人家了。不過小帥哥你的編號開頭是1，那可是至少要關無期徒刑才能被編到的號碼啊，你幹了什麼事情要被關那麼久？」

陳強聽了，瞬間過往的回憶在腦海閃過；濺血的場景、慘叫聲伴隨無止盡的懊悔，他焦慮著心跳加速，不自覺地搖著頭。

「你搖頭是怎樣？耍大牌嗎？」和尚語帶威脅地說。

「少年，聊天時菜鳥必須有問必答是規矩！」鐵支說：「這種事別讓我再提醒你一次。」

順子露出苦瓜臉對鐵支抱怨道：「大哥你先有點耐心嘛。」接著他轉身摟著陳強的肩溫柔地說：「小帥哥乖，這裡每個人都有過去，說出來有我順子哥挺你信你。」

陳強的眼睛閃現一絲光芒，「真、真的嗎？連法官都不相信我了。」他說。

「哼！法官的判決能信嗎？你看我這麼纖細的手臂，連隻蒼蠅都殺不死還會害人嗎？那群瞎眼的爬蟲類居然判我十五年！」順子生氣地咬著衣角扭捏地說：「害人家不能定期保養，渾身都長痘子了。」

陳強不禁覺得有趣，這些人看似凶神惡煞但其實人倒是挺好的，看順子這搞笑的模樣，剛剛的緊張感頓時消散不少，他慢慢地卸下心防。

「我被誣賴為殺我女友的兇手！但我是被冤枉的……」陳強特別將『誣賴』這兩個字的音頻拉高。

「雜碎！你還有沒有人性！」和尚忽然暴怒地撲向陳強，後者閃避不及，被熊般的身軀壓倒在地。「畜生！」和尚舉手就是一陣亂拳，攻勢毫無章法卻猛烈異常。陳強迅速將手肘內縮防禦頭部，但仍舊被紮實地打中兩拳，心中的不解、困惑頓時化為憤怒，他頭一偏閃過和尚的右拳順勢抓住手腕，腰部用力一頂將雙腳夾住和尚的脖子。

和尚大吼著想抽出右手，但陳強用更快的速度將他的頭往下壓同時收緊膝蓋，和尚的脖子被自己的手臂還有陳強的雙腿夾死，頓時無法呼吸。

眼看和尚脹紅著臉快要窒息，順子跟大頭衝上前將兩人拉開。

「你瘋啦，和尚你幹什麼？」順子用粉拳猛K和尚的頭，鐵支則是摸著下巴仔細打量陳強，心想這小子居然能壓制暴怒狀態下的和尚，人不可貌相啊！對這小子產生了一點興趣。

順子連忙上前關心陳強的傷勢，「你還好吧？這小子打死了前女友的姘頭，我想他只是一時克制不住情緒才會這樣。」

「呸！殺女人的下三濫！」和尚說完想再度撲向陳強，但被順子和大頭死命地抱著。

「夠了和尚！」鐵支叱喝道：「別惹事。」

「可是老大！」和尚想強辯但被鐵支一瞪立刻安靜下來。

「你說你叫什麼名字？」鐵支問陳強。

「哼，1444！」陳強用手擦拭流至嘴角的鼻血。

「你不說也沒關係，練過武術？」鐵支冷笑問道

「練過一些。」陳強說。

鐵支第一次露出感興趣的眼神：「參加過比賽嗎？」

「得過全國冠軍。」陳強看著和尚說道，和尚則滿臉不屑地吐了一口痰。

順子拍手叫好：「好厲害啊小帥哥，像你這麼陽光怎麼可能會幹殺女友這種事？和尚你真該道個歉。」

「我是被陷害的，信不信由你們。」陳強冷冷地說，「反正也與你們無關。」

「每一個人都說自己是無辜的，」鐵支笑道：「這裡不缺感動的故事，缺的是守規矩的人，

不過如果你真的愛你女友，勸你個性收斂一點才能熬到假釋幫她上香，太鋒芒畢露當心犯了規矩。在這有人犯規矩就必須罰，知道嗎？」

陳強沒有回話，默默地開始整理行李，鐵支揮手招來順子，輕聲地跟順子耳語道：「這小子雖有才，但太囂張。」

「是啦，但是真的挺帥的！」順子嘟嘴道。

「他是你的嘍。」鐵支冷笑：「當作補償你，順便好好教他何謂『規矩』」。

順子露出驚喜的表情說：「真的?老大你對我真好!那麼就……」順子偷瞄著陳強精壯的身軀竊笑著。

陳強的心情差到極點，行李整理到一半忽然想起口袋有著獄卒給的紙條，他小心翼翼地攤開查看……

「這?」陳強看著紙條許久，面色凝重地將紙條塞進口袋裡。

夜晚熄燈後萬籟俱寂，順子偷偷摸摸地爬下床，和尚跟大頭安靜地坐起身，還不時假裝發出打呼聲。雖然舍房內一片漆黑，但早已習慣摸黑行動的三人安靜地將睡在地板上的陳強圍住。順子舔了舔嘴角露出淫穢的眼神，他對和尚跟大頭點頭，兩人迅速地壓在棉被上，順子大笑道：「消夜時間到了喔，小帥哥!今晚吃棒棒糖喔哈哈……咦?」

和尚跟大頭撲了個空撞在一塊，地上只有一攤棉被哪見陳強人影，三人傻愣地摸不著頭緒。

「很有膽識，我欣賞！」鐵支的語氣隱含著憤怒，順子三人回頭一看，陳強跪在鐵支背上緊緊地勒住他的脖子，鐵支脹紅著臉咬牙切齒道：「讓我在手下面前丟臉代價不小啊。」

「彼此彼此，我只是回敬老大送的禮而已。」陳強氣憤地說：「在待配時就有聽過D4監獄很凶險，我那時還不信，現在看來果真如此。」

「小帥哥你造反啦！」順子急得大叫想衝上前，陳強伸手喝斥道：「敢上前就扭斷你們老大的脖子！」

「老大我按警鈴叫人來！」大頭說。

「不行！」鐵支叫道：「被人看見以後我還有什麼地位？」鐵支對陳強說：「你是怎麼發現的？」

「干你屁事！」陳強怒罵：「叫你的人都給我退後！到早上開門前都不准靠近我！」

鐵支說：「你打算整晚都這樣僵持不下？小子很帶種嘛，但你以為我鐵支是被嚇大的嗎？和尚、大頭不要管我直接上，殺了他也無所謂！」

「可是……」大頭跟和尚有點猶豫，鐵支怒槌著床鋪大吼：「快點！你們要讓我丟臉丟到何時？」

「馬的！」兩人大吼一聲衝上前想將陳強拉下床，陳強沒想到鐵支的個性這麼倔強死不認輸，遂轉身跳下床，落地翻滾兩圈後撞上鐵門，他忍著背痛迅速爬起擺出戰鬥姿勢。

「你以為這是在比賽嗎？這裡沒有裁判給你喊停，你死定了！」和尚像頭蠻牛般直衝而來，陳強稍早領教過他的蠻力因此不敢隨意接招。他側身一閃提腳側踢中和尚的腹部，和尚發出一聲嗚咽但立刻轉身使出一記強勁的鉤拳，陳強蹲下閃過，心想剛剛那一招泰拳的鞭腿他已將髖骨扭轉到極限，近乎出了全力但對他仍不痛不癢，果然體重相差懸殊極易陷入苦戰。陳強試著後退拉開距離，但發現狹小的舍房根本沒有空間讓他與和尚周旋，這時一雙強力的臂膀從後方將他抱住，陳強暗罵不妙，怎會如此大意忽略後方還有另一人？

「我制伏他了，和尚你快上他！」大頭疾呼。

和尚怒罵：「我吃素！」接著起腳踢向陳強，強大的衝力連帶抱人的大頭也向後噴飛撞上鋁床，陳強腹部一陣痙攣痛苦地吐著白沫，但他還是硬撐著快要昏厥的意識，扳開大頭的手臂脫身。

「逃哪啊，殺女友的垃圾！」和尚再度攻來，陳強深知在被打中一次穩死，慌亂之下急中生智，轉身將鋁床使勁地拉倒，躺在床上的鐵支嚇得連連驚呼，和尚沒料到陳強有這一招，連忙上前護主。

陳強抓住和尚分心救鐵支的空檔，一個箭步上前對準和尚就往死裡打，左鉤拳、右鉤拳、雙手直拳、肘擊膝撞，紮實地打在他全身上下。陳強閉氣連番拳腳齊出，將和尚當木人樁狂虐，彷彿不到時間盡頭不肯停歇。那和尚再壯如蠻牛也是肉做的，最後雙膝跪地滿臉是血地向後一躺動也不動。

陳強的心狂跳著，他未等和尚倒地就揪住想爬起身的大頭的雙耳，猛力向下拉扯順勢提起膝蓋，用腰部迴轉的力量向上頂起，大頭嗚咽一聲，整張臉已埋入陳強的膝蓋中。

一聲清脆的聲響，那是顏面骨碎裂的聲音，也是預告結束的鐘聲。陳強看著倒地的大頭與和尚動也不動了，便轉身走向看傻眼的順子。

「小、小帥哥你聽我說，其實我不是……」不等順子求饒，陳強一拳揍斷他的鼻梁，哀號聲充塞整個舍房。

四坪大的舍房只剩下雙雄相互怒視，鐵支手拿著一張滿是摺痕得紙張。陳強摸了摸口袋發現建忠給得紙條不見了，心想定是在剛剛戰鬥中掉落的。

鐵支被火灼燒過的傷疤因憤怒鼓脹成暗紅色，他壓抑著怒氣，默默按下牆上的警報鈕，瞬間警鈴大作。

「我承認這次算我輸了。」鐵支將紙條丟向陳強，指著他發下戰帖：「但我鐵支發誓，只要我還有一口氣，一定讓你生不如死！」

那張被揉爛的紙張，上面寫著幾個大字：千萬別睡著

二、殺神

典獄長反覆看著監視器的重播畫面，事情發生的太突然，他沒有辦法只憑勤務室的驗傷報告就理解這一切。

和尚：下顎重度挫傷，耳膜破裂，肋骨第六、七節斷裂，腎臟破裂，胰臟破裂，鼻梁斷裂

大頭：顏面骨碎裂，顱內出血

順子：鼻梁斷裂

「你他媽到底是何方神聖？」他不自覺地將心底話脫口而出，仔細地打量坐在正對面的陳強。

「長官，這個問題你看我的檔案就知道了。」陳強擦拭額頭流下的血，站在他身旁的兩個獄卒也是滿臉傷痕，陳強瞄了他們一眼嘆氣說道：「我覺得你們的人情緒控管真的要加強，我都舉手投降了還把我打成這樣，不反抗也難啊！」

典獄長怒拍桌子罵道：「住口！身為囚犯你沒資格指導我該怎麼做，在我地盤上搗亂就不要怪我給你難堪！」

「我說過很多遍了長官，他們想上我啊！」陳強道：「如果有人想雞姦你，不要告訴我你會乖乖就範！」

典獄長說：「這就像是個歡迎儀式，在監獄這種事很平常，也是你成為囚犯後應得的報

應！我建議你如果老大要雞姦你最好接受，服侍老大可是裡面許多人作夢也等不到的機會！」

「所以你默許這些暴行？難道連同獄卒虐囚也無所謂嗎？」陳強瞪著臃腫的雙眼，不可置信地質問道。典獄長滿不在乎地聳聳肩：「你知道在這個地方工作壓力有多大嗎？如果我像小學班長一樣管東管西，員工遲早會爆炸的！」接著他指著陳強憤怒地說：「你知道你這一鬧，會嚴重拖累監獄的工作嗎？」

「怎麼可能？」陳強笑問：「難不成監獄花錢雇用老大當管理員不成？」

典獄長離開座位走到陳強面前嚴肅地說：「你以為我在開玩笑嗎？這所Ｄ４監獄可不像其他監獄只是做做紙袋等手工就好，最重要的工作是種植一些特別的東西，你聽過罌粟花吧？」

「罌粟花！」陳強大吃一驚，「你們在搞毒品？」

「是生意，生意！」典獄長糾正陳強道：「這也不是我規定的，早在我調來這之前Ｄ４監獄就盛產這些東西，我的職責是負責管理指揮數以千計的囚犯幹活，你以為只憑少少的管理員配額就能讓監獄的秩序步上正軌？作夢！我要靠的是囚犯們的內部勢力，就是這群強姦犯、殺人犯當中最夠力的那一個，讓他能捅著所有人的屁眼好讓工作能順利下去！」典獄長越說越氣，最後憤怒地抓住陳強的領口大吼：「那個人就是鐵支！你把他的手下打成重傷，這要是傳出去的話，囚犯內部的權力平衡就要崩潰了，到時大家打個你死我活沒人有好日子過！」

陳強忽然大笑道：「既然如此我還真是為我的行為感到驕傲，像這種非法體系的監獄最好徹底崩潰讓外界都知道，不然毒品流出去又不知道害死多少人！」

「盡管笑吧，1444。」典獄長露出陰險的笑容：「我是這個地方的老大，你這個被社會唾棄的殺人犯能拿我怎麼樣，我要你生就生，要你死就死！」

「我不是殺人犯！」陳強站起身瞪著典獄長怒道：「真要殺人還廢話那麼多，不想弄髒自己的手就給我好一點的對手！」

「如你所願！」典獄長冷笑道。

男人來到D4監獄的地下樓層，沿途的關卡沒人敢攔他，潮濕又昏暗的長廊誘發刺鼻的鐵鏽味，隨行的獄卒推開最後一道鐵門後便待在門口，男人獨自入內來到一扇老舊的舍房門前。

他靠近鐵門上的覘視孔，望向舍房內的一片漆黑。

「活著？」男人問：「或者死了？」

「你何不打開盒子看看呢？」覘視孔內傳來低沉的竊笑：「不行動永遠不會知道真相。」

男人冷笑道：「好讓你扭斷我的脖子嗎？不了，這就是我跟你最大的差別，有些盒子永遠不該開啟，我選擇當個聰明人，但你卻像隻好奇心旺盛的貓永遠不懂什麼時候該收手，最後落得在牢房裡腐爛的下場。」

「羞辱我也沒用，證據不會隨我死去而消失。」牢房裡的聲音平靜地說：「無論刑求多少次我也不會說的，就算拿我家人來威脅也一樣。」

男人搖搖頭有些無奈：「別再提你家人了，你的能耐我非常了解，我這次來並非敘舊。」男人的語氣刻意拉高音調：「我是來告訴你，一切就要結束了！不再有調查、紀錄，所有的一切都將終結。」

舍房內一片死寂，男人很滿意這樣的回應。

「就這樣結束了？」牢房內的聲音有些顫抖，男人知道他的心智動搖了。

「對，結束了。」男人嘆了口氣說：「最近我偶爾會夢到年輕時我們瘋狂的回憶，阿富汗、伊拉克還有非洲的幾個獨裁小國，數不清的槍林彈雨見證了生命的價值，想著想著忽然有些感慨，所以就想親自告訴你。」

「你不能這麼做！」漆黑的虛無中傳來憤怒的咆哮：「這麼多年你讓我受了多少苦？現在想拍拍屁股一走了之？我操你媽的！」

「別激動，給自己最後一絲的尊嚴。」男人冷靜地打斷他的話：「你的家人、朋友都死了，支撐你活下來的唯一信念就是對抗我們，我只是個小齒輪，很多事情由不得我決定。」

舍房內的喘息趨於平緩，接著又沉陷進死寂。男人轉身離去，走了幾步又停下來看向舍房。

「K？還是你現在更希望別人叫你夜鷹？」男人說：「人都應該有第二次機會，我們是老朋友了，所以我會給你這個機會，當面對選擇時希望你不會讓我失望。」

」

陳強被蓋上黑色頭套強行押走，一路上他想像著自己被帶到陰森的刑房，皮製的椅子旁堆著滿滿的刑具，穿著連身白袍、蓄著翹鬍子的胖子微笑著準備支解他。或者如電影神鬼戰士一樣被帶到競技場與猛獸死鬥，成為供觀眾享樂的棋子。

但摘下頭套後他有點失望，眼前是一間老舊的舍房，門內一片漆黑，沒有刑具、沒有競技場更沒有穿連身袍的胖子，門口上方釘著一塊鏽蝕的鐵牌，上頭以粗劣地工法刻著「X」的字樣。

「X牢房？你逗我！」陳強笑著對一旁獄卒說：「別告訴我你們在做什麼超人類實驗之類的，太老梗了，你們就這點創意？」

獄卒報以虛偽的微笑，一腳將陳強踹進門內，「再笑吧，囂張也沒多久了！」獄卒大力地關上門揚長而去。

「唔，有機會我一定會好好教你們什麼是禮貌。」陳強狼狽地站起身，從三十公分寬的覘視孔向外望去，舍房門口上方一盞閃爍的黃光劃出了一小塊的可視區域，範圍之外就是一片黑暗。

「我猜這裏的房租一定很廉價。」陳強自嘲地笑著，忽然後方傳來一絲細微的呼吸聲，他立刻警覺地回過頭。

「誰？」陳強對著黑暗的空間喝斥道，但回應他的只有遠處傳來的滴水聲。

「四、五次。」黑暗中傳來男性低沉渾厚的嗓音：「這是從你進門後被我殺死的次數。」

「你是誰？」陳強感覺來者不善遂擺出戰鬥架式。

男人大笑：「只是個不得安息的鬼魂，所以你就是我的第二次機會？居然送個小鬼進來，真是瞧不起我。」

陳強不悅地說：「這又是什麼特別的『聊天儀式』嗎？有種現身說話，別躲在暗處！」

「你的夜間視力不大好喔，這樣戰鬥姿勢擺得再好看也沒用。」男人訕笑道：「勸你閉上眼睛會看到更多！」

陳強不敢輕舉妄動，他由近而遠地毯式搜索四周，卻什麼也沒看到。「你在耍我嗎？這裡一個人也沒有！」

「六次，你死第六次了，觀察力不夠敏銳會讓你陷入險境。」男人的聲音從上方傳來。

陳強抬起頭，忽然一道冰冷堅硬的觸感拴緊脖子，「手銬？」陳強暗叫不妙想伸手去抓，但那手銬急速地勒緊他的頸動脈。

「第七次！」鼻息的熱氣在耳邊輕吐，陳強奮力地拉扯勒住脖子的手臂，但眼前的景物開始失焦，四肢也逐漸麻痺。

男人笑道：「只要我願意，五秒鐘就可以讓你死，告訴我，你被派來的目的是什麼？」

陳強拼著最後的意識，食姆指插入男人的拳眼裡，將小拇指猛力朝外扳，趁男人鬆手時迅速朝後方連續肘擊。男人沒料到陳強的反擊，跟剛才的小屁孩樣簡直判若兩人，不禁覺得有趣。他移動步伐緊貼陳強的身體，讓所有的攻擊只是擦過他的側腹。

陳強見攻擊無效，立刻壓低重心跳到一旁，藉著走廊透進門內的昏暗光線勾勒出男人的身形；他的身軀高大精壯，銳利的眼神在黑暗中如同野獸，虎視眈眈地準備吞食獵物。

陳強直覺此人的危險程度遠超過以往的對手，那跟鐵支單純的霸氣是截然不同的檔次，陳強渾身顫抖著，不知為何，他感到不寒而慄。

「練過混合武術嗎？」男人瞇著眼打量著陳強，微笑地向他招手。

陳強壓低身子，拱起肩雙手擺起防禦架式，盡可能先離男人遠遠的，經驗告訴他，未探對手底細前不可貿然進攻，但舍房內的光源昏暗根本無法測量距離。

陳強焦慮地繃緊神經，他知道下一次失手就會命喪黃泉。

「看來你很不習慣在黑暗中戰鬥呢，」男人笑道：「終究是個運動家。」說完倏地衝向陳強，陳強退無可守，情急之下左拳彈發使出連續刺拳，拳速又快又猛，男人輕鬆撥擋後一個墊步衝到陳強面前，陳強欲側轉身體拉開距離，但冷不防被一掌擊中下巴，昏眩之際，男人右腳橫進勾住他的小腿，陳強只覺小腿一陣痠軟，瞬間失去重心向後翻倒。

男人這招「小內割」凌厲異常，施招時右手還順勢壓住頭部。陳強明白頭部被控制使用護身倒法也無用，立刻雙手護住後腦避免重創，但落地時猛烈的衝擊仍貫穿內臟。

「嗚……」衝力讓陳強幾乎昏厥，但他深知機不可失，雙手抱住男人的手臂，懸空的雙腳夾住他的肩頸。

「抓住你了。」陳強說。

「三角鎖嗎？」男人冷笑：「可惜，距離太遠了。」

男人說的沒錯，三角鎖本是藉由雙腿固定頭部和支撐的手臂來勒斃對手，但關鍵在於必須貼著對方夠「近」。陳強急於施招，身體距離對方過遠，雙腿根本無法扣緊，男人輕鬆地將手插進兩腳間的夾縫，三角鎖頓時破解。

「你沒其他招了嗎？」男人笑著扣住陳強的領口將他高高舉起。「這一次我會摔到你腦漿流出來為止！」

「來！」陳強挑釁道：「讓你知道你爺爺的頭有多硬！」

「嘴硬！」男人將陳強往地上摔。陳強牙一咬使勁扯開男人的手，在落地的瞬間翻轉身體，將男人的手臂夾在身體下方，此招正是「腕部逆十字固定」。

男人突受奇招失去重心，但旋即藉著落地的態勢向前翻滾，被陳強固定的手臂也順勢翻轉，動作順暢的不可思議，彷彿預知陳強的一切動作。

「該死！」陳強咒罵，眼看十字固定也失利，頓時起了逃跑的念頭，但此時男人已從後方抱住陳強，雙手絞住他的脖子。

「我不會再被你折手指了。」男人冷笑著使勁收緊手肘。

急遽收縮的力道讓陳強憶起窒息的恐懼，心慌之下雙手狂亂揮舞、掙扎著，但心裡明白勝負已分，而且這次沒有裁判來終止比賽。這是他第一次這麼近面對死亡，不曾擁有的恐懼湧上心頭……

「你們在幹嘛！」建忠拿著手電筒衝進舍房想將兩人拉開。

「建忠，不要過來！」男人喝止道：「這小子跟典獄長是一夥的！」

建忠有些摸不著頭緒地看著糾纏的兩人，此時一個小男孩從建忠的身旁探出頭，純真的大眼直盯著陳強和男人。

「夜鷹叔叔，你在幹嘛？」男孩問。

「呃，這個嘛……」叫夜鷹的男人露出尷尬的表情，陳強趁夜鷹發楞的瞬間，奮力脫身撲倒在地，他猛烈地咳嗽，驚愕地看著男孩還有建忠。

建忠摸摸男孩的頭嘆氣說道：「算我求你們兩位，先停手好嗎？讓小孩看到這種暴力場面會留下陰影的。」

陳強吃了一口飯就吐了出來，猛咳不停：「老兄……咳……真的差點被你弄死，我連吞口水時喉嚨都像被火燒到一樣。」

「你該慶幸建忠及時趕到，」夜鷹舉起銬著手銬的雙手說：「不然你早死了。」

陳強將餐盤摔在地上，嘲諷地說：「那還真是多謝了，才剛來第一天就遇到這麼多鳥事，真他媽上天眷顧。」

「喂！不要講粗話，會教壞小孩的！」門外的建忠透過覘視孔告誡陳強，「還有勸你對這裡的飯菜不要有太多意見，你的三餐是其他受刑人煮的，成天待在熱死人的伙房很辛苦你知道嗎？要懂得感恩啊！」

「把拔，這題我不會。」男孩拉著建忠的褲管，遞上一本練習簿。

建忠接過簿子，看了一會兒蹲下來溫柔地對男孩說：「很簡單啊，這個叫乘法，我教你喔。」

「欸，你當這裡是托兒所還是補習班？帶小孩來這種地方才會對他造成影響吧？」陳強說：「萬一碰到順子那種變態，你這是置兒子於險境知不知道？」

「有空管別人不如擔心自己，」夜鷹走到門口將空餐盤放在覘視孔下方的特殊拉板上，他對門外的建忠說：「謝謝，下次別帶孩子下來吧，這裡空氣不好怕他過敏。」

建忠點點頭，一旁的男孩開心拿地起一張紙對男人說：「夜鷹叔叔，今天老師有教我畫畫喔，我有畫你跟把拔。」

夜鷹看著圖畫上稚嫩的畫風，對著男孩微微一笑便轉身走回黑暗中，陳強好奇地問：「我以為鐵支他們四人一房已經夠大尾了，居然有人可以單獨一間房。」

夜鷹舉起手銬戲謔地笑著：「再大尾的囚犯也不可能在牢房裡還被銬上手銬，這不是一般的牢房，是專門監禁我的犯責房。」

犯責房就是監禁不守規矩囚犯的地方，一旦被關進去所有放風的自由時間、會客點數都會被取消。陳強接著問：「為什麼要單獨監禁你？」

夜鷹冷笑對陳強搖動食指：「情報是互相的，現在該換我問了，在進監獄前你是幹什麼的？」

「我只是個大學生，不過後來休學了。」陳強搖搖手說：「因為某些緣故，總之說來話長。」

夜鷹接著問：「所以你這身功夫是在社團練的？」

陳強嗤笑道：「學生社團哪能學到什麼東西，我從小就開始練武，拿了很多冠軍呢。」

「以一個普通人來說，你練的不差。」夜鷹說：「我想知道你跟典獄長達成什麼協議才被關進這裡？」

「你還是認為我是典獄長派來的？」陳強不耐煩地說：「你這人真的無法溝通耶，我已經說過我是因為惹火他才被關進來的，就這麼不信我？」

夜鷹冷冷地道：「你當這裡是心理諮商室嗎？這裡不是普通的監獄，應該叫政府認可的集中營比較貼切。長久以來我都在跟無數的詭計陰謀周旋，單憑片面之詞就要我信你，憑什麼？」

「我的名字叫陳強，」他炯然地注視著夜鷹，語氣堅定地說：「我被指控為殺人犯才被關到這，但不管你信不信，我都是無辜的。你說的陰謀我不懂，但這裡無時不刻都想剝奪我的尊嚴，我就算剩下最後一口氣也絕不向腐敗的體制屈服！」

夜鷹呆愣了幾秒，漠然失笑道：「嗯，跟我年輕時還挺像的。」

建忠從門外的暗格取出餐具，透過覘視孔對兩人說：「小傑睏了，我先走啦，再拖下去我要被發現了！」

「等等！」陳強問：「我有問題想問你，為什麼你要幫我？」

建忠搔著頭一臉疑惑：「幫你什麼？」

「你寫的紙條啊!為什麼要提醒我注意鐵支？」陳強問。

「因為你是個好人」建忠笑道：「我看到你阻止阿凱欺負一個老囚犯，這種事在這個鬼地方從來沒發生過。我相信你還有善良的一面，不想看你受辱。」

夜鷹聽了不屑地說：「這種多管閒事的個性會早死喔。」

「少囉嗦！」陳強怒道。

「不說了，先走啦，你們別再打架啦!尤其是你夜鷹，拜託給個面子。」

陳強呆望著建忠抱著男孩消失在黑暗的另一頭，許久後他喃喃自語道：「過幾天出去後我應該給親戚寫封信。」

「出去？」夜鷹挑著眉狐疑地看著陳強。

「對啊。」陳強說：「犯責房不是一次最多關五天嗎？」

夜鷹忽然大笑，陳強不解地問：「你笑什麼？」

「我看你是搞不清楚狀況。」夜鷹笑道：「這間犯責房是非常特別的，一進來就不可能出去！」

陳強差點以為自己聽錯，連忙追問：「怎麼可能？那……那你在這裡多久了？」

夜鷹看著陳強一臉搞不清楚狀況，不禁露出憐惜的眼神，「十五年，」夜鷹說：「整整十五年我沒見過外頭的太陽。」

三、挺身

五個小時前……

「十五年你懂嗎？這個監獄監禁他十五年！」典獄長氣得直跺腳：「你以為我們為什麼要單獨囚禁他？」

辦公室內，男人坐在辦公桌前翻閱著各式資料，悠閒地喝著茶。典獄長的臉一陣青一陣白，他走到男人面前，一拳槌打在他面前的資料上。

男人抬頭看著他。

「聽著，我不管你的後台有多硬，但你絕對不能把陳強跟那傢伙關在一起，不然上面追究下來任誰都沒那個屁股。」典獄長神色凝重地說道。

男人手托著下巴面無表情，輕輕地將電話推向典獄長。

「這什麼意思？」典獄長不解。

「打給你所謂的『上面』的人。」男人有禮地比著電話：「請。」

典獄長愕然地張大嘴，好一會兒後才拿起話筒，他說服自己男人只是虛張聲勢罷了，但不知為何持話筒的手一直顫抖。

「尚軍黑1947，我是D4-8901，是這樣的，貴單位派下來的人有些問題，我懷疑他試圖執行非職責所及的命令！」典獄長一邊盯著男人一邊陳述，似乎怕一眨眼男人就會消失。

「什麼？可是……好、好我知道了，非常不好意思，抱歉！是！」典獄長滿頭大汗地掛上電話，愣眼瞪著男人。

「明白？」男人啜飲一口茶，挑眉看著他。

典獄長低著頭，語氣難掩沮喪：「明白。」

「還有一件事。」男人叫住了原本要離開的典獄長：「我記得我說過，別過問任何事對吧？」

「又怎樣？」典獄長冷笑道：「我只是……啊——」

男人如迅雷般出手，單手反折他的手腕。「我記得我是說『任何事』！」

典獄長正想解釋，忽然聽見「喀」一聲，炙熱般的痛楚由脊椎竄上腦門。

「啊——」

男人看著跪地嚎叫的典獄長，冷冷地說：「下次再多問就不只是手腕脫臼。記得，我沒折斷手是因為你還可利用，並非我仁慈。」

陳強躺在冰冷的木板上，一夜未眠。

遠處的滴水聲惱人心神，夜鷹的話令他久久無法入眠。十五年？人生能揮霍幾個十五年？看夜鷹的口氣也不像是在說謊，到底犯什麼罪刑可以被完全剝奪自由？這十五年都關在陰暗的舍房，若是自己早發瘋了吧。

忽然他站起身，覺得事有蹊蹺。一個監獄有權力隨意剝奪人權嗎？不管怎麼說，好歹罪名是法院判決的，刑期定獻豈能說改就改？

能凌駕法律之上的監獄，背後的高層會是誰呢？陳強越想越不對勁，忽然門外傳來腳步聲，鐵門上的覘視孔被掀開，一雙眼睛不懷好意探視著舍房。

「１４４４！」聲音厲聲道：「聽到答話！」

「幹嘛啦！」

「快出來！今天要去工廠做工。」獄卒催促著：「我待會開門時別耍花樣！我在說你００４４，裝睡也沒用，待會開門時有小動作我就不客氣了！」

陳強看夜鷹鼾聲息息，整晚睡得跟死人一樣，但獄卒卻十分戒慎地打開門鎖，陳強一眼就認出他是先前毆打老囚犯的獄卒，他記得他叫阿凱

「站起來別發愣。」阿凱催促著陳強，手中緊握著電擊槍卻指向夜鷹

這傢伙有這麼厲害？想到阿凱稱呼夜鷹的號碼是００４４，這應該是死刑犯才會有的編號，陳強不禁揉捏著還隱隱作痛的脖子。

陳強踏出舍房，笑說：「我還以為我也會十五年不得外出……」

「少囉嗦！」阿凱掏出一塊黑布從後方罩住陳強的頭。

睡臥在黑暗中的夜鷹猛地睜開眼，但又旋即闔上，動作前後酣聲毫不間斷。

「白癡。」

⚷

陳強被押上一輛貨卡，雖然看不見，但周遭的喧鬧聲讓他猜測同行的人為數不少，應該也是其他的囚犯，從大家聊天的內容聽來，被套上黑布的應該只有自己。陳強猜測著為何只有自己被套上黑布？莫非監禁夜鷹的地方有必要保密到這種程度？

一路上顛簸的很厲害，陳強聽見不時有人談論起自己。

「欸……那小子好像是幹翻鐵支的新人。」

「真的假的？身形很普通嘛，我還以為是什麼三頭六臂呢！」

「看來鐵支也沒什麼了不起，他的時代要過去了，不如我們趁機……」

「噓，你別亂說，聽說鐵支已經殺死某個想篡位的大尾，現在他神經兮兮危險的很。」

貨卡在一陣劇烈的搖晃後停了下來，陳強跟大批的人被驅趕下車。

就定位後，陳強的頭罩被粗魯地扯下，刺眼的陽光讓他睜不開眼，獄卒取下他的手銬告誡道：

「警告你 1444，敢鬧事就準備吃苦頭！」

陳強發現身處一片廣闊的丘陵上，回頭看到監獄的主樓變成一個小點，伸手一比只有半個指節那麼大。附近停了好幾輛的貨卡，近百名的囚犯排隊領著獄卒給的器具，陳強更注意到丘陵上種滿了一朵朵如毛絨球的紅花，囚犯遍及各地，隱身於花叢中，獄卒到處走動監督著工作。

「很驚人對吧？」一個帶著眼鏡，身材瘦高的囚犯對陳強說：「我叫浩子，是第五班的班頭，指揮收割小紅的工作。」

「小紅？」

「就是罌粟花。」

陳強驚訝地指著花海說：「這一片都是？」

浩子點點頭，遞給陳強一只竹簍，小聲地說道：「新人很容易成為眼中釘，今天我帶你做一次。工作就是將採集成熟的罌粟，雖然輕鬆、但手腳要快，我待會先教你如何分辨成熟的花朵。」

「謝謝，但你為何對我這麼好？」陳強帶著戒慎的眼神問。

浩子笑著輕拍他的肩膀說：「別那麼疑神疑鬼，你現在可是大紅人。」

「我？」

「你搞翻了鐵支的事情已經傳開了，大家都在談論你呢！」浩子說。

「消息傳那麼快？」陳強無奈地嘆口氣，將竹簍丟在地上用力踩踏著。

浩子嚇了一跳，連忙阻止他：「你幹什麼？」

「我不會狼狽為奸的，毒品這種事我絕不幹。」陳強將竹簍踢到一旁，回頭往監獄的方向走去，浩子一時間也傻了。

「你別亂來！被獄卒看見會吃棍子的！」浩子撿起竹簍，追上陳強想強塞給他，但陳強奪下竹簍奮力丟到遠方，正好被經過的建忠給發現。

建忠撿起竹簍，朝陳強吼道：「你幹什麼？站住！」

「你看你！死定了！」浩子低著頭滿面愁容。

建忠走向陳強，拿著甩棍對著陳強質問：「現在是怎樣？想抗命是嗎？」

陳強淡淡一笑，憤怒地抓住甩棍抵著自己的頭怒道：「我才要問你想怎樣！才過一晚你就變了一個人，現在拿甩棍指著我，看你也不是什麼好東西！」

浩子嚇到差點屎尿一地，這陳強這麼嗆？才剛打敗監獄的老大，現在又想跟獄卒衝突？但他入獄這麼久從來沒遇到這麼有種的囚犯，忽然一股敬意油然而生。

建忠有些尷尬地看了看四周，發現不少獄卒看向這邊，他立刻按住陳強的頭強將他押走，臨走前還對浩子怒吼：「看什麼！還不快去幫忙！不然我揍完他就換你！」

浩子連忙道歉離去，陳強原本想反抗，但建忠卻投給他一個懇求的眼神。

兩人來到停靠在最旁邊的貨卡後方，眼見四下無人，建忠點了根菸順便遞了一根給陳強，陳強瞧也不瞧一眼。

「我知道你看不起我。」建忠說道：「在這種地方幹著非法勾當，現在想想，當初就職時發的誓言根本是一場鬧劇，我也……我也很痛苦，畢竟我考上公職不是來督促囚犯製毒的，可是……」

「你永遠可以做出正確的選擇！」陳強正色道：「讓你的孩子感到驕傲，勇敢的揭發這一切而不是讓沉默助長邪惡！」

建忠搖搖頭，菸頭的火光急速閃爍著：「我在你這樣年輕時也抱著理想，可是在這裡被磨得差不多了。」

「權力……真的這麼令人沉迷嗎？」陳強有些難過地問。

「你錯了，改變我的並不是權力。」建忠彈掉菸灰，看著那成堆的菸灰隨風飄去。

陳強正想繼續說下去，但不遠處忽然傳來一陣異常的喧鬧聲。

「你做什麼？別讓他過來，他剛噴了我滿臉屎！」

陳強好奇地從車後探出頭，看到一大群人拉拉扯扯，幾個獄卒想上前控制場面，卻又嚇得躲開。

一個矮小、瘦弱的老人從群中竄出，張牙舞爪地四處衝撞人群。

「不要讓他過來！他滿身都是大便！」

囚犯跟獄卒四處逃竄，老人蓬頭垢面地邪笑著，揮舞著沾染大便的雙手展開無差別攻勢。

陳強仔細一看，赫然發現那是他曾經幫助過的老囚犯，他驚訝地看向建忠，建忠回以無奈的表情。

「那個老受刑人瘋了。」建忠說：「在昨天晚上，他在管制室接受調查後忽然就精神不正常，在用餐到一半公然在餐盤上拉屎，還塗抹在自己身上，沒人敢碰他。」

陳強說：「那為什麼還帶他來這？他應該去醫院才對！」

建忠搖搖頭露出苦笑：「你還不知道D4監獄不能轉診吧？受刑人唯一的醫療資源由勤務室負責，醫生還是外調的呢，不是每次都在。勤務室沒有對付精神病的經驗，有精神疾病的受刑人只能任憑惡化。」建忠忽然有些哽咽地停頓，一會後繼續說：「這些病人被當作沒事一樣跟其他受刑人關在一起，在惡劣的環境下成為所有人的出氣筒，如果被打死了就草草處理掉。」建忠指著地面說：「這片花海，就是他們的墳場。」

陳強啞然，呆望著老囚犯被毆打，還以為其他人是在跟自己玩，開心地又跳又叫。

「你說是權力改變了我？」建忠說：「我看不盡然。」

有那麼好幾次，陳強感覺老囚犯跟自己四目相交，一瞬間他露出悲戚的眼神，那揮舞穢物的雙臂似乎是在向自己警告什麼……

警告？

建忠拍拍陳強的肩膀說：「不遠處有個小型工廠是這裡的實驗室，待會我給你安排一些清潔打掃的工作，拜託別惹事了，活著最重要知道嗎？」

「等等，」陳強說：「你不覺得有什麼不對勁的地方嗎？太安靜了。」

「你在說什麼？」建忠笑著拿起無線電對講機：「別神經質啦！我聯絡一下實驗室的同事，你別亂跑啊！」

陳強環顧四周，發現原本四處巡邏的獄卒忽然人間蒸發，而彎腰工作的囚犯似乎少了一半。放任囚犯在野外亂晃，這有可能嗎？

遠方的山脊與藍天相連，但平地颳起的風卻異常的冷冽，那老囚犯依舊瘋癲，但卻換上驚慌的神情直朝著陳強猛揮手。陳強覺得怪異但卻說不上來，忽然建忠拉住他的肩膀。

「不太對勁！」建忠的表情有些凝重：「無線電沒人回應我，這從來沒發生過。」

陳強說：「我們先回主樓吧，或者到其他地區的工廠看看，總之別待在這裡。」

「別鬧了，我們不能擅自離開！這一定有什麼原因。」建忠駁斥陳強的意見，卻不時地擦拭額頭上的汗珠，他不死心地拿起對講機呼叫著：「喂！有人嗎？聽到回應一下！見鬼了，他們都上哪裡去了？

不知怎地，陳強想起鐵支對他烙下的狠話：「只要我還有一口氣定讓你生不如死！」

陳強打了個寒顫，忽然發現那老囚犯不見了，幾個在花叢中採集的囚犯就當剛才的喧鬧沒發生過似的，繼續低頭工作著。

「跟我來！我們先到實驗室去，那裏有電話可以打到行政大樓。」建忠對陳強說：「受訓時，我曾經聽說有囚犯合力劫獄成功過，他們首先攻占塔台並切斷訊號，讓獄卒無法聯繫，希望是我想太多……」說完後他忽然取出手銬將陳強的手銬上。

陳強驚訝道：「你幹什麼？」

「獄卒帶囚犯行動時囚犯必須上銬，忍耐點，待會再幫你解開！」建忠解釋。

「都什麼時候了你還有時間管規矩？」

建忠不理會陳強的抗辯，堅決地在背後推他向前，陳強只好跟著建忠朝實驗室的方向走去。

⚷

實驗室就是一間大型的綠色鐵皮屋，位在停靠貨卡附近。

兩人發現內部空無一人，桌面上還擺著分餾、冷卻的蒸餾瓶及實驗用的器具，有的瓶子冒著徐徐白煙。

建忠拿起牆上的電話，卻發現怎麼撥也撥不通。

「你聽我說，我們先回主樓。」陳強說：「既然現在的狀況不尋常，你把我帶回去應該也無所謂，你沒發現你的同事都忽然消失了嗎？再拖下去我有不好的預感。」

建忠正躊躇時，一個橢圓的物體滾至他的腳前。

「這……天啊！」建忠大叫一聲跌坐在地，陳強一看發現是一顆面目猙獰的人頭，鼻子和嘴巴還淌著血！

「快走！」陳強拉著癱軟的建忠想往入口的方向跑，忽然一道熟悉的人影閃現，阻斷兩人退路。

「想去哪啊小帥哥？」順子奸笑道，此時大批的囚犯從入口湧入，瞬間兩人被團團包圍。

「上次託你照顧啦，這次可要好好回敬你才行。」順子輕撫著包覆鼻子的紗布，指著人頭說：「還喜歡我送的禮物嗎？」

建忠顫抖地指著地上的人頭：「你……你們殺人？」

「欸欸欸，別誣賴人家！」順子雙手交疊，嬌媚地扭著臀部說：「人家最討厭血腥了，殺人這種事不符合我的Style，我只是負責『請』礙事的人離開而已。」

「你指那些獄卒嗎？莫非們不見也是你們搞得鬼？」陳強說。

順子大笑道：「小帥哥你記性真差，你忘了在這個監獄裡是誰能呼風喚雨嗎？」

陳強看到站在順子背後的高大人影，瞬間理解到底怎麼回事。

「我特意選在他最恐懼時砍下他的頭，好讓表情能留在臉上。」鐵支冷笑道：「任何人都想抓住時機篡位，但失敗就求饒……呸！不夠格。」

陳強怒道：「鐵支！這是我們的恩怨，你別把不相干的人扯進來！」

鐵支拿出一張破爛的紙張，建忠一看不由地到抽口氣，那是之前他塞給陳強的字條。

鐵支吼道：「不相干？除非我眼瞎了不然這應該是你的字跡吧？建忠！」他將紙張撕碎，臉上的刀疤因憤怒而脹紅：「敢搞我我就搞死你們，今天不見血絕不罷休，你們兩個誰都別想離開！」

「大、大哥你原諒我，我當時一定是一時傻了……沒想到他會把你整成這樣？」建忠哀求道：「我還有個孩子，求求你放過我！」

鐵支拍著自己的頭笑道：「我都忘了你還有小孩呢！」眾囚犯這時也跟著鐵支狂笑不已。

「之前說你硬不起來還真小看你了，有這樣壞壞的爸爸真是可憐，我會代你好好『教育』你兒子的！」順子淫笑著擦拭口水說。

危機在即，陳強試著冷靜思索對策，但他從來沒有一次對戰這麼多人，加上建忠幾近崩潰的精神狀態，讓陳強一時也慌了。

鐵支有多少人？五十？一百？萬一真打起來帶著建忠跑的了嗎？有多少人藏有武器？憑自己的功夫真的有辦法突圍嗎？

陳強偷瞄牆上的警報器，心想電話不通警報器多半也失效了，更重要的是……

「建忠，你的鑰匙呢？」陳強舉著被銬住的雙手，焦急地說：「快幫我解開手銬，快啊！」

建忠慌張地從口袋裡拿出一大串鑰匙，顫抖地一支支尋找著。

陳強看了差點昏倒，絕望地叫道：「你他媽一定在耍我！」

「老天果然有眼，知道你造孽特地給我機會，我看你有多少能耐！」鐵支緩緩地舉起手，眾囚犯瞪著陳強和建忠，像野獸般蓄勢待發。

「殺！」

關於圍毆，陳強國中時曾經目睹過，但他只道是猴子打群架毫無技術可言。也許是以往看的電影太多主角以一擋百，加上自己又是練家子，產生了「圍毆我也能輕易應付」的自負。當鐵支一聲令下，面對如潮水般自四面八方湧上來的敵人，陳強最後一個清晰的念頭是「失策」。

他根本無法預測來自四面八方的攻勢，擋住了一拳，更多無數的拳腳踢打在自己身上。耳邊的叫囂像狂風的嘶吼，陳強感覺自己像是跟一頭有著一百隻手腳的怪物戰鬥，密集的攻勢如細綿的雨滴，他這才發現，就算手沒被銬住也難挽劣勢。

「建忠！」他大聲呼喚著，但一連串重擊同時打在他的頭跟腹部上，是拳是腳他已分不清了，慌亂間他看到建忠在地上狼狽地爬行，一群人圍著他猛踹。

陳強咬著牙，硬拖著好幾個抓住他猛打的囚犯，奮力地衝上前趴在建忠的身上，他將建忠的頭埋入懷中，形同一道保護網讓所有的攻擊都落在他身上，痛楚像烈火般焚燒他身體的每一寸。

「陳強，你幹什麼？」建忠驚訝地問：「你會死的！」

「少囉嗦！」陳強大吼，但語氣更像是懇求，「把身體縮起來，不要抬起頭！」

「可是你……」

「閉嘴！還想見到你兒子……就別出聲……咳！」陳強咳出一地血，驚覺側腹疼痛不已，他知道自己的肋骨斷裂，很有可能刺傷肺部，漸漸地，他覺得四肢逐漸麻痺，周遭的吵雜聲也離他越來越遠。

建忠告訴自己要勇敢，不能讓陳強為他犧牲，但他的手就是沒有勇氣將陳強推開，他的孩子已經失去太多，不能再沒有他這個老爸。建忠大叫一聲閉上眼睛，囚犯的吶喊如同嘲笑他的軟弱。

他落淚，但強忍住哭聲。

一旁觀看的順子不時大聲叫好，忽然他注意到鐵支冰冷的表情，關心地問：「老大你要參一腳嗎？我們買通獄卒的時間還剩十分鐘，到時不走，我們的行為就是暴動，那可就不好收拾了。」

「不用，我原本還滿心期待，結果……呵呵什麼冠軍嘛。」鐵支索然無味地伸個懶腰，漫步離去。

踏出鐵皮工廠，鐵支想點根菸卻發現自己沒有打火機，身旁又無小弟，他有些惱怒地吐了口痰。

「怎麼？太習慣有小弟就不帶打火機了是嗎？」

鐵支回頭一看是典獄長，冷笑道：「典獄長大人怎麼親自跑來？擔心自己的寶貝工廠被我拆了是嗎？」

典獄長拿出打火機幫鐵支點燃菸：「跟我來。」

兩人走向罌粟花海，典獄長說：「很多人以為監獄是公職，但早就不是這麼一回事了。人力短缺、囚犯暴增，我們需要有新的氣象才能夠讓監獄不至於亂了套。」典獄長指著罌粟花說：「這些就是我們努力的成果，讓大家共同參予生意，這遍地的財富會營造穩定與平衡。」

鐵支富饒興味地看著他，這是他第一次聽典獄長這麼彭湃的演講，覺得有趣。

「這是我的生意，是我用盡努力才好不容易收成的！沒有人可以奪走，今天有人想在我的地盤上撒野？休想以為我會拱手讓他。」

鐵支瞇著眼盯了他一會，好奇地問：「你的手怎了？」

典獄長皺著眉頭，摸著被包紮的手腕：「我想跟你談筆生意。」

「你憑什麼覺得我會有興趣？」鐵支冷冷地道。

典獄長露出詭異的微笑：「我有你無法拒絕的條件。」

⚷

四周的喧鬧不知何時平息，陳強俯臥在地卻感受不到地板的冰冷，眼皮沉重地幾乎快撐不開，意識彌留間他唯一聽見的只有自己的呼吸聲……

一雙手將他扶起，過了許久，朦朧的視野看到一個模糊的人形不斷搖晃著他。

「讓我睡覺，一下就好。」陳強說。

「你不可以睡，親愛的看著我！看著我！」一個女性的聲音說。

「啪」地聲響伴隨熱辣的觸感，陳強張開眼睛，一名美麗的女性氣沖沖地抓著他，但眼神甚是擔憂，陳強正想問怎麼回事，女子又賞了他一巴掌。

「快回場上，不然你被判失格我一定揍扁你，我黎亞靖的男人不是這麼軟弱的鱉三！」女子說。

陳強看了看四周，圍繞著他的是一個綁著繩纜的四方型擂台，而他上半身赤裸地坐在紅色角落。

台下的觀眾鼓譟著，但陳強仍一臉茫然。

一個穿著黑白條紋的胖男人催促著陳強，「你還可以打嗎？時間到了！」

時間？對了，現在是第五回合，我要努力拉開比數！

陳強咬緊護齒站了起來。

「他可以！當然可以！」亞靖替他答道，隨即跨越繩纜跳下台。

對面的藍色角落有個精壯的男人眼神不屑地看著陳強，挑釁地朝他招手。

「你可以的，相信你自己。」亞靖忽然拉著繩纜一躍而上踏在擂台邊緣，將陳強拉過來強吻了他，直到裁判尷尬地吹哨音才放手……

「去吧寶貝，別讓我等太久，把他痛扁一頓當做我的生日禮物！」亞靖嫣然笑道。

四、正義

陳強將車停好，卸下安全帶正要下車時，坐在副座的亞靖輕輕地拉住他的手，用柔和又充滿懇求地眼神望著他。

「怎麼了？」陳強有些不耐煩地撇過頭說：「如果妳反悔了就回去吧，反正我今晚一定要大醉一場！」

亞靖嘟著嘴，用撒嬌的口吻說：「要醉可以在家裡啊，還沒有人打擾，你去PUB萬一喝醉了那我怎麼辦？你忍心看你可愛的女友被陌生人搭訕嗎？」

「妳男友可是職業格鬥選手，誰敢招惹妳？」陳強說：「再說就算我醉了，敢對妳動歪腦筋的男人我才要替他擔心呢。」

亞靖氣得狠揍陳強的手臂：「我明明不是那個意思，後天就是全國總決賽了，你明知道比賽前不能喝酒，幹嘛這樣？」

陳強嘆了口氣，焦躁地將半開的車門關上，寂靜溢滿了兩人的思緒，好一會後亞靖開口說：「你爸爸……或許是沒收到信，他可能太忙了吧。」

「怎麼可能？」陳強拉開駕駛座上方的遮陽板，拿出一封被蓋上「退件」的信，「是他不去領我給的公關票！媽的，不知道有什麼毛病。」陳強氣道：「我好不容易踏上職業擂台，後天決賽這麼大的日子，做老爸的居然不支持？太忙太忙，公務人員是能有多忙？領死薪水的最好有那麼積極啦！從以前到現在都不給我好臉色看，媽的我上輩子欠他嗎？」陳強一口氣飆罵完後氣喘吁吁，亞靖像個木頭人呆愣著，她眼神游移透露著不安。

「寶貝你嚇到我了。」亞靖說。

陳強低下頭，趴在方向盤上嘆氣：「對不起……」

亞靖依偎在他的肩膀上，頭微微地磨蹭著，像隻貓一樣輕柔。陳強摟住她，有些歉疚地不知該如何是好。

「後天比賽後我陪你回去掃墓，相信你媽媽看到自己的兒子這麼爭氣一定會很高興的。」亞靖坐起身，拍拍他的肩膀：「今天本姑娘陪你，就放寬心去玩吧！」

「蛤？」陳強不敢相信自己的耳朵。

亞靖挑著眉，換上一副幹練的神情：「有幾個條件你要遵守，第一是你不能喝太醉，不然到時你被人撿屍爆菊別怪我。第二，本小姐這身外套下穿著黑色緊身洋裝，還是V領的，別讓任何臭男人搭訕我，不然護花不周，以後不理你了。」

「好……那第三？」陳強問。

「第三嘛。」亞靖溫柔地親吻陳強的額頭，陳強的雙頰泛起一陣紅暈，亞靖笑道：「今天你是我的！」

陳強笑了，笑中帶淚。

包廂訂在ＰＵＢ的二樓，半開放式的設計能清楚看見一樓舞池跟吧檯的情景，亞靖約了幾個陳強的好友，一群人喝酒玩著遊戲十分盡興。

「高中時就看你常比賽，但看到你成為職業選手還是很震驚。」冠中笑說：「不過後天就要決賽了還帶女友來Happy這樣好嗎？萬一軟腳打不動怎麼辦？」

眾人發出噓聲，陳強翻了一個超大的白眼，一口氣乾了一杯威士忌，亞靖笑道：「你們別欺負他，比賽前放鬆一下又不會怎麼樣，畢竟決賽對手那麼弱，阿強一定會輕鬆獲勝的。」

有人好奇地問：「但你的對手不是很強嗎？之前看他是國際比賽的常勝軍。」

陳強不屑地說：「你說王虎嗎？哼……」陳強斟滿酒一口飲盡：「他不過是個靠小聰明取勝的三流選手，能拿到這樣的成績都是僥倖啦！不說你們都不知道，很多職業賽都是商業模式操作的結果，真的拼起來誰輸誰贏還很難說。」

「看來我這次傾家蕩產賭你贏賭對了！」冠中的話引起一陣爆笑，陳強想再倒酒，但亞靖輕拉他的衣袖，曖昧地對他眨眼，陳強會意放下酒瓶，給亞靖一個溫柔的微笑。

不久，ＰＵＢ中央的舞池隨著舞者的出場High到最高點，誘人的氛圍讓包廂內的情侶們手拉手相繼跳進舞池。「就不打擾你們夫妻倆啦，我們先下去了！」

陳強舉起酒杯表示贊同，最後包廂剩下他跟亞靖。

「開心嗎？」亞靖笑著握住陳強的手：「沒想到我把你的朋友都拉出來了吧？」

陳強有些詫異地說：「莫非妳一開始就知道說服不了我？妳是我肚子裡的蛔蟲不成？」

「那當然，開玩笑，我是誰？」亞靖吐著舌頭撒嬌地鑽入他懷中。

陳強沉默了一會，歉疚地說：「抱歉，妳生日我沒辦法好好幫妳慶祝，但我答應妳比賽完……」

亞靖伸出手指貼住陳強的嘴唇，認真地說：「你贏得比賽就是我最好的生日禮物，所以別再囉嗦了ＯＫ？」亞靖笑著站起身，黑色的緊身洋裝凸顯出她曼妙的身材，她刻意在陳強面前搔首弄姿地轉了一圈：「難得我將這件『戰袍』穿出來，不去舞池跳一下就太浪費了。」

「可是……」見陳強面有難色，亞靖俏皮地說：「我記得某人說不讓其他男人碰我喔，嘻嘻。」

陳強抓住她的手問：「我拿個東西，你可不可以等我一下？」

「不行！」亞靖傲嬌地甩開陳強的手：「讓女人等，你好意思說出口？不來就算了。」

看著亞靖背影，陳強從口袋裡掏出一只精緻的紅色小盒子，他謹慎地將盒子掀開，裡面有顆閃亮的鑽石戒指，他看著鑽石菱形的表面出神。

「我答應妳，比賽完就娶妳……」他拿起戒指自言自語，因為太過專心沒住意到冠中站在他面前。

「嗯……嘿，老兄你聽著，」冠中嚴肅地說道：「我不知道你怎麼了，但我很高興你對我這麼認真，可是我必須說我們不會有結果，雖然我知道我帥氣又多金而且三十公分……」

陳強瞬間尷尬地耳根發燙，氣得作勢要踢冠中，冠中嚇得跪地求饒：「拜託別踢我，我開個玩笑嘛！」

「這一點也不好笑！」陳強說：「你幹嘛在這?不是去舞池了嗎?」

「我是來告訴你，我剛在舞池看到王建！」冠中說。

陳強一聽連忙衝出包廂，冠中緊跟在一旁。

「他自己來?有看到王虎嗎?」陳強問。

冠中搖搖頭說：「沒有，但王建那個跟屁蟲會來，王虎一定在附近。」

「有看到亞靖嗎?」

「沒有。」冠中說。

陳強氣得跺腳，冠中安撫他說：「放心啦，舞池人那麼多，王建不可能找到她的。」

「媽的，如果被我逮到敢騷擾亞靖，我一定打斷他的手！」

兩人衝下樓，舞池擠滿了忘情熱舞的男男女女，陳強覺得自己像是塞進一團沙丁魚當中，別說亞靖，刺眼的舞台燈讓他幾乎分不清方向。但他知道亞靖的習慣，在自己還沒待在她身邊時只會先到吧檯喝酒，相反的他也是，這是兩人的默契、也是信任。

果不其然陳強在吧檯找到喝酒的亞靖，她看到陳強氣得大罵：「你去哪了？不是要陪我嗎？」

「王建那小子有騷擾妳嗎？」陳強急問。

亞靖聽得一頭霧水，「王建？沒有啊，扯到他幹嘛？」

「我聽到有人呼喚我喔。」一個穿著亮色西裝外套的油頭男子忽然上前搭著亞靖的肩，一臉猥瑣地打量著亞靖的身材：「哈囉，這不是小靖嗎？好久不見，妳今天好漂亮，為什麼之前沒回我電話呢？」

陳強聽見腦袋裡某種東西斷掉的聲音，要不是亞靖巧妙地甩開王建的手擋在兩人中間，他早就撲上去把王建揍得稀巴爛了。

「抱歉我真的很忙。」亞靖冷笑道。

王建幫亞靖點了杯最貴的調酒，但亞靖拒絕了，王建不以為意地笑了笑，完全把陳強當空氣。

「妳別再跟窮小子混了。小靖，我記得我跟妳說過我老爸是立委吧？他最近認識一個富商朋友，他的兒子下個月打算辦個遊艇趴，出席的人多半是模特兒、富二代、或者明星等等。妳這麼漂亮不走演藝圈太可惜了，如果妳想碰個機會我可以幫妳喬個位子。」

陳強再也忍不住，將亞靖拉到一旁揪住王建的衣領，瞪著他怒道：「別以為我不知道你想打歪腦筋，你敢碰亞靖試看看！」

「oh！oh！oh！」王建有些驚恐，但還是裝作毫不在乎的痞樣：「你這麼激動幹嘛呢？我在跟小靖說話，請你放尊重一點，要拒絕也是小靖說了算，你憑什麼限制他的人身自由？還有你現在拉著我是想幹嘛？想揍我嗎？」

陳強順著王建的手指的方向，發現四周的安管人員全都盯著他，再怎麼憤怒陳強也只能咬牙切齒地死瞪著王建。此時亞靖輕拍著陳強的手，陳強才將王建放開。

王建笑道：「小靖妳真是高ＥＱ，有妳這樣的女生陪伴一定是那男人三世修來的福氣。」

「謝謝，但我只對值得的男人付出。」亞靖露出淡淡地微笑，但眼神充滿敵意；「你的邀請我心領，但抱歉，我對演藝圈沒興趣，請把機會讓給其他人吧。」

陳強走到王建面前，強大的壓迫感讓王建不敢直視他的眼睛，陳強說：「你去告訴王虎，我會在決賽時痛扁他這個只懂打假比賽的混帳，我不會給他機會投降，叫他做好覺悟！」

「你自己跟虎哥說，我不是你小弟沒那個義務幫你傳話！」王建傲慢地挑著眉。

正當兩人僵持不下時，亞靖忽然驚呼一聲，這時陳強才注意到一個高大壯碩的男人帶著一群人走到他們身旁。

「想跟我說什麼呀？」王虎摸著挑染的金髮，露出穿著舌環的舌頭對陳強擺起鬼臉。

「虎哥！」王建像看到救命的木筏一樣躲到王虎身後：「有人說不會給你機會投降，要你做好覺悟。」

王虎聽了大笑：「哎呀，我好怕啊，這句話若是一般人說還有點威脅性，但從一個馬子狗的口中說出那還挺爆笑的！」王建跟其他小弟也跟著竊笑。

「你說什麼？」陳強握緊拳頭，眼睛快要噴出火來，此時亞靖急忙拉住他。

「我們回去吧！」亞靖柔聲在他耳邊說道：「寶貝我累了，你答應我今晚你是我的，現在送我回家好嗎？」

陳強看著亞靖，原本肅殺的眼神慢慢柔和下來，王虎等人則露出嘲諷的笑容。

「好！」陳強瞪了王虎一眼：「有什麼事情擂台見。」

王虎輕蔑地笑了笑說：「你該感謝你馬子，讓你能在擂台上被我打倒，而不是在這被痛扁。」

「欸，爸寶！」王建刻意提高音量：「決賽時你爸如果再不出現，你打輸了該找誰安慰呢？還是會躲在牆角哭著想爸爸？」

陳強停住腳步，神情難看到極點，亞靖懇求地說：「我們走啦，他們不懂你，不要跟他們一般見識，寶貝？你有在聽嗎？」

陳強淡淡地微笑，但眼神堅定地說道：「抱歉寶貝，原諒我。」

王虎疑惑地問王建：「找爸爸？什麼意思？」

王建笑道：「虎哥你不知道，我聽人說這傢伙從還在打區域賽時就很渴望他爸來看他比賽，但他老爸根本連一次都沒來，他的隊友私底下都說他『沒父愛』，都幾歲了還沒斷奶，我看他老爸一定是懶得鳥他這個拖油瓶。」

眾人哄堂大笑，陳強鬆開亞靖的手，氣勢凌人地走向王虎。幾個小跟班發現不對勁正要出手阻擋時，陳強如電光石火般已經一拳打在王虎的臉上。王虎早猜到陳強會抓狂，他也一直在等這一刻，只是沒料到陳強的拳又重又快，他眼前一黑，還來不及感受到痛覺時陳強的前踢已正中心窩，整個人像狂風中斷線的風箏般飛了出去，落在王建腳前。

「王建，你完了！」陳強怒吼著衝上前，王建嚇得拔腿就跑。

騷動引起混亂，王虎的跟班們想撂倒陳強，但陳強像發了瘋的豺狼擋也擋不住，緊咬著王建窮追不捨。王建連滾帶爬地衝進舞池，他自認一世英明，沒想到陳強發起瘋來連王虎都被輕易得ＫＯ。

陳強粗魯地撥開人群，混亂的場面從吧檯延伸到舞池，ＰＵＢ的安管人員想抓住陳強，但場面一團亂根本無從找起。

亞靖著急地到處尋找陳強的身影，但擁擠的人潮讓她離舞池越來越遠，她急地哭了出來，忽然聽到一聲巨響，一個人騰空飛起撞向吧檯後的酒櫃，陳強跳到吧檯上，飛身撲倒想逃跑的王建，接著就是單方面的瘋狂痛毆。

王建被扁到亮色的外套都沾滿自己的血，原本帥氣的油頭也像稻草般凌亂，但打紅眼的陳強絲毫沒有停歇的打算。

忽然一雙纖細的手臂抱住自己，「住手！再打下去你會殺人的！」亞靖哭著懇求著。

陳強逐漸恢復理智，但王建早已口吐白沫，意識恍惚地抽蓄著。陳強顫抖地放下拳頭，亞靖輕撫著他滲血的指節，看著陳強拭去自己的眼淚，她打起精神對陳強說：「沒事，有我在」。亞靖扶起還有些恍惚的陳強，她始終望著他，顫抖的嘴唇強裝笑容。

王建狼狽地翻過身，感覺臉就像是被火灼燒般疼痛，這一身昂貴的西裝如今髒汙不堪，如同自己被踐踏的自尊，他憤而掏出藏在懷裡的手槍。

「陳強！」王建怒吼：「你以為這樣就跑得了嗎？我王建這輩子還沒受過這種侮辱，討父愛的雜種！操你媽的納命來！」

陳強回過頭，王建的槍早已指著自己，他腦袋一片空白，時間凝結如果凍般黏稠，一切的事物都以慢動作播放著……砰！

⚷

「心電圖沒有反應！」

「再一次，調整到一百五十焦耳。」

「一百五十焦耳充電完畢！」

「好，Clear，按壓放電鈕！」

陳強的胸口瞬間劇烈地跳動，幾個臉戴口罩、身穿綠色手術服的人圍繞著他。

一會兒後，盯著心電圖的助理向主治醫師報告：「心電圖有反應，目前節律速率低於 60 以下！」

「實施靜脈注射！」

忽然，陳強抓住醫師，這舉動嚇著了醫師，陳強半瞇著擁腫的雙眼，意識不清地喃著模糊的囈語。

醫師握住陳強的手說：「１４４４，你聽得見我說的話嗎？」

「對、對不起。」

「你說什麼？」醫師問。

眼淚自眼角滑落，陳強反覆著唸著如同咒語般的字句

「小靖……對不起。」

南風，自病房內的一扇小鐵窗吹拂進來，吹動著懸掛的風鈴，也吹翻了滿腹思緒。建忠坐在病床前，就這樣坐了很久。

「為什麼要救我？」陳強面無表情地問。

「沒有人要救你，原本我們應該被打死的，他們跟其他獄卒『買』的時間似乎不夠長，所以我們才能活下來，畢竟救治受傷的囚犯是既定程序。」建忠露出慘笑：「看來我們還滿耐打的，哈哈哈！」建忠笑著笑著忽然就哭了，但他咬勁牙根，不願發出一絲聲響，低著頭讓眼淚滴落在

自己的皮鞋上。

陳強看著他不發一語，對他而言，建忠的眼淚僅代表著愧疚還有悔恨。

「你曾經……有過非常想守護的人嗎？」建忠的話讓陳強心頭一震。

建忠說：「我有，那就是我老婆。我們在大學時認識，後來結了婚，為了穩定的工作我考上公職，她則成為老師。有了小傑以後，原本三個人可以平凡過日子，結果她參與了社會運動，成天說什麼政府竄改歷史，壓迫社會之類的話，後來有一次在抗議活動中被捲入暴動。我當時接到電話時還在值勤，沒來得及去醫院看她最後一眼。我有理由相信她是被鎮暴警察打死的，新聞說是抗議民眾先引發暴動所以警察才不得已鎮壓，可是老天！我老婆要用什麼襲擊警察？靜坐時手上拿的鮮花嗎？有很多人跟我一樣決定為受害者蒐證，這不是為了賠償而是要討回公道，但很快的我被控告妨礙社會秩序，銀行莫名其妙地凍結我的存款，房子也被查收……後來我才明白，這個世界上終究有我無法對抗的勢力，所以我變得很低調，隨時將小傑帶在身邊，我很怕外面的人會抓走他，所以，所以，所以……」

建忠吸了一口氣看著陳強，眼眶滾動著淚珠，很久後才哽咽地說：「我很抱歉，我知道我可以拿很多理由當藉口，但事實上我不能，也不想離開小傑，我已經失去一切，至少我得保護他，讓他安全長大，最好他能以我為恥，這樣才不會跟我一樣。」

陳強也流下眼淚，他伸出手拍拍建忠的肩膀。

「你做了你該做的事。」陳強說：「至少，你還有他。」

工廠內，一大群囚犯正在包裝大量的海洛因磚，鐵支在一旁看著電視，讓順子殷勤地服務著。

「老大，我聽守勤務室的獄卒說，陳強那小子沒死。」順子柔聲道。

鐵支抽了一口菸：「不死也半條命，無所謂。反正多找幾個人趁獄卒沒注意時殺了他就可以了。」

「也是，」順子竊笑：「再怎麼強，也不可能一打多嘛，那屍體就照舊處理嘍？」

鐵支打了個哈欠，索然無味地點點頭：「讓罌粟花長好看些吧。」

好幾天後陳強才勉強能下床走路，醫生說他有重度的腦震盪，會有好一段時間行動不便，但獄卒可沒等他痊癒，便再度將他的頭蒙上黑套子，一路跌跌撞撞地將他塞回X牢房。

陳強躺在冰冷的地板上，他知道夜鷹在暗處觀察自己，他十五年來始終清醒著，沒有一刻不繃緊神經，無時不刻都在對抗著比這牢房更漆黑的黑暗。

「夜鷹，」陳強說：「你很厲害對不對？」

回應他的是一片死寂。陳強繼續說：「教我你的戰鬥方式，我想跟你一樣厲害。」

沉默許久後，夜鷹冰冷的聲音在空氣中迴盪：「你為什麼想學？為什麼？」

陳強低下頭，似乎又感受到那擁在懷中的溫度。

「亞靖，睜開眼睛看著我！」陳強緊緊摟著亞靖逐漸冰冷的軀體，她的胸口被血沾染了大片面積，臉部的肌肉不斷抽動著。陳強的表情因痛苦而扭曲，他大聲求救，但混亂的場面根本沒人搭理他。

「不！不！不！」陳強痛哭著，緊緊握著亞靖的手，他不斷搖晃著她，但亞靖的眼神逐漸黯淡，呼吸也變得短而急促。

「對不起……對不起，我應該聽妳的話，我應該待在家裡，我應該……妳為什麼要這麼傻？為什麼要替我擋子彈？妳在想什麼？不該是妳啊！」陳強掏出鑽戒拿到亞靖的眼前：「妳看，我就要娶妳了！我早就準備好，妳不是說想搬到海邊嗎？我們就去海邊！妳想養兩隻狗，不想太快有小孩，我答應妳，求求妳睜開眼……」

陳強將臉埋進亞靖的胸口，他多麼希望能夠用自己的靈魂堵住那該死的傷口，他希望上帝能再給他一點時間，給他一個奇蹟。

「……小、小笨笨。」亞靖虛弱地回應讓陳強提振起精神，連忙說道：「亞靖，妳撐著不要說話，救護車很快就會來了。」

「戒指……很漂亮……」亞靖的聲音微弱地近乎氣音：「笑一個，小笨笨……笑一個。」

陳強哭紅著雙眼，幾秒後，一隻冰冷的手輕拂他的臉頰。

「不要恨……好好……活下去……」亞靖的頭向後一仰，雙手無力地垂放。

終於，虛空竄入她的雙眼，掏空了痛苦只徒留一具冰冷的軀殼……

陳強睜開眼睛，打開雙手發現什麼也沒有，他抬起頭盯著漆黑的空間。

黑，如同無言的白，無止盡的悔恨如千萬隻觸手從深淵湧出，欲將他拖進深淵。每每瀕臨崩潰的邊緣時，那句話就像是汪洋中的木筏，他必須緊緊抓著才能保留一絲理智。現在那句話又再耳邊響起……

「我，想活下去。」陳強說。

夜鷹慢步踏出黑暗，眼前的幻覺也隨之破散。

沒什麼好怕的，小笨笨。

看著陳強堅定的神情，夜鷹不禁露出冷笑：「活下去，那可得非常拼命才行。」

五、活著

「你曾經在擂台上與人戰鬥，像被圍在籠子裡的鬥雞。」夜鷹冷眼看著陳強說：「但那根本只是兒戲。」

「你又知道什麼是真正的戰鬥？」陳強不悅地問。

「生存！」夜鷹冷笑著，身形在黑暗中若隱若現：「規則的限制讓你只懂得空手戰鬥，規則的保護讓你如同溫室的花朵，你放心衝進對手面前，是因為你知道再怎麼慘也不至會死。」

「可是我戰敗會失去一切。」陳強說完，夜鷹倏地一拳打來，陳強下意識探手去防，但夜鷹卻迅速收手，提起腳跟重踩陳強的膝蓋。

陳強慘叫一聲屈膝下跪，夜鷹迅速地將手指插入他的下眼瞼。

「會失去什麼？」夜鷹擠壓著陳強的眼球，眼淚頓時傾瀉而出，陳強恐懼地怒吼著，但夜鷹只是冷笑：「媒體版面？排名？出賽獎金？」

陳強憤怒地將夜鷹甩開，正要反擊時發現夜鷹後退隱身於黑暗中。

「告訴我你怕什麼？」夜鷹戴著手銬、腳鍊，移動時卻悄然無聲，陳強不禁渾身顫抖。

「我他媽的什麼都不怕！」陳強怒道，忽然一條鐵鍊飛快地從黑暗中射出，重擊陳強的脛骨，他失去平衡摔倒在地，夜鷹拉回腳鍊順勢騰空一躍，雙腳飛踹陳強的腹部。

眼前的一切天旋地轉，陳強翻滾了數圈撞上鐵門，夜鷹不等他喘息便朝他臉上連踩好幾腳，陳強滿臉是血，奄奄一息……

「擂台上你只有一種方式能贏，但現實世界有很多種選擇。你可以用武器、可以攻擊要害，你甚至可以逃。可悲的是擂台上可以認輸，但真正的戰鬥，輸的下場就是死。敗者，要付出生命為代價，這是生存競爭的籌碼。你不怕死，這就是你的問題，不怕死，所以也不珍惜生。對死亡毫無畏懼，要如何拚命活著？」

「告訴我……」夜鷹輕聲地在陳強耳邊細語：「你怕死嗎？」

夜鷹的話深深地刻印在陳強心中。

這些日子裡，陳強無時無刻都面臨威脅，有時在工廠遭到其他囚犯的圍堵，或者在吃飯時被人以削尖的筷子襲擊，更常在放風時被圍毆。

沒有人敢搭理他，就連建忠也與他十分疏離，頂多在夜晚時帶著醫藥箱來X牢房給他，大家都知道陳強現在是眼中釘，誰靠近他誰倒楣，陳強在監獄中宛如瘟神。

陳強默不吭聲，他習慣了，這個世界就是這樣。

「記得沒有什麼比活下來更重要！」

陳強開始學會逃跑，他不再逞英雄，但腦震盪誘發的暈眩總是影響他的速度，每一次的襲擊都讓他與死神擦肩而過。

參與襲擊的囚犯們多半是順子派來的，原本他們還懼怕打倒和尚跟大頭的陳強，但當順子策畫實驗室的圍剿事件傳開後，他們發現只要團結起來陳強便不足為懼。

陳強最終發現他無法逃，他只能戰鬥。

過去在擂台上他有教練團隊當後援，有鐘響終止比賽。但現在只剩下他一人，面對著無窮無盡的暴力輪迴。他唯一能依靠的，就是夜鷹的教導。

「為了生存必須戰鬥！我知道你害怕，承認恐懼沒什麼大不了，有太多人不想面對恐懼結果產生錯覺，認為自己無所畏懼，但死的最慘的就是這種人。逃不了就打，動物也不過如此，當你越不想死，越是能發揮求生的意志。」

退無可退時，陳強俐落的身手確實讓敵人吃了不少苦頭，但他明白不能再靠本能戰鬥。

「我知道你很能打，但你一次能打幾人？再強悍的高手都無法抵擋背後一刀，你的體力終究會用盡，到時便是你的死期。冷靜下來！敵人數量多是優勢，但也容易驕傲，自滿會粗心大意，你要抱持著殺死他們的決心才能獲勝！」

於是陳強招招都往要害猛攻，他像頭瘋狗讓人畏懼。但漸漸地眾人也變得更加兇狠與之抗衡，陳強忽然意識到光憑氣勢不可能打贏每一場戰鬥。

夜鷹告訴他：「千萬不要空手！這不是擂台，沒有規則，去尋找武器！」

陳強問：「可是監獄沒有武器。」

夜鷹說：「隨身武器是種創意，你之前不是被人拿筷子襲擊嗎？只要能夠握實，堅硬、尖銳的東西就可以拿來攻擊，如果找不到就自己做。記住，不能當武器的東西也能充當路障，人在衝動時腦筋沒那麼靈活，他們會傻傻地繞過路障，這可以幫你拖延時間。」

「萬一，」陳強說：「他們跳過來呢？」

夜鷹笑道：「殺了他。」

「混亂之中有辦法做到？」

「所以你要冷靜，必須俐落、快速，絕不能遲疑。」

「我做得到嗎？」

夜鷹笑而不答。

監獄的鬥毆中出現過的奇特武器不少，陳強就見過有人折了椅子的木條來扁他。

於是他也開始運用武器，除了椅子、筷子等隨手可得的工具外，陳強也在工廠做工時撿拾獄卒發放的報紙，他捲起厚厚一大疊對折壓實，握在手中變的堅硬無比。

在那次的衝突中，眾人譏笑他手中的武器，全部的人都毫無畏懼的撲向他，結果陳強以報紙製作的鈍器重傷好幾人，他踢倒工作桌當作路障分散囚犯們的陣型，背靠著牆壁讓對手無法包圍自己，被包圍時，他痛扁了最弱小的囚犯作為突破包圍的缺口。

那次他幾乎打倒了所有人，但也遍體麟傷。

他喘著氣，忽然意識到這一切都不會有終結的一天。隨著囚犯拿著效仿他製作的武器參與戰鬥，陳強知道他們也在每一次打鬥中不斷學習。

敵人會透過合作變得更難應付，但他只有一人，他必須想辦法，暴力並不是解決之道，但要如何終結？

夜鷹提出一個特別的意見：「成立幫派吧。」

夜鷹的話讓陳強大為震驚。

「幫派？你是認真的？」陳強說：「大家都怕鐵支那幫傢伙，連獄卒都把我當眼中釘，我怎麼可能做到？」

夜鷹說：「獄卒只會隔岸觀火，利用暴力支配囚犯的鐵支才是關鍵，能打倒恐懼的武器是什麼？」

「你要我煽動他們？憑什麼，等等！」陳強忽然眼睛一亮，彷彿想通了什麼。

夜鷹揚起嘴角，別有用意地使個眼色，「任何事情都有代價，如果你真的成功有自己的幫派，我要你做一件事。」

「什麼事？」陳強問。

陳強找到浩子時，他滿臉瘀青倒在工廠的角落，被幾個壯碩的囚犯當椅子坐，他們發現陳強靠近便迅速地將他圍住。

陳強對他們擺手說：「趁我心情好你們快滾吧，我是來找浩子的。」

浩子看著陳強指著自己非常驚訝，一個囚犯怒道：「我們正想找你！居然自己送上門那就不要怪我們啦！」陳強嘆了口氣，數了數囚犯的數量後小聲地說著：「差不多一分鐘吧……」

浩子聽過關於陳強的傳聞，聽說他僅憑一人力戰順子的眾多手下全身而退，可是那畢竟只是謠言，但短短一分鐘內，浩子便見證了監獄裡的都市傳說在眼前上演。

直到最後一個囚犯被扁到失去意識陳強才停手，他擦拭臉上的血痕走向浩子，面色嚴肅地說道：「還認得我嗎？你曾經教我分辨可採收的罌粟花。」

浩子當然記得，但他被陳強的氣勢威嚇到說不出話來，這時陳強舉起手，浩子以為陳強要揍他嚇得閉上眼，但一會兒後什麼也沒發生，他緩緩地睜開眼睛看見陳強對他伸出手，帶著溫暖的笑容。

「你不會再受到任何欺負，」陳強問：「加入我吧，我保證你會重新擁有尊嚴。」

浩子呆愣地望著他，想著這傢伙是白癡嗎？他是在表明要跟鐵支對抗不成？這太瘋狂了，理智告訴他不應該與陳強有任何關係，但不知為何手仍不自覺地伸出去，陳強將他拉起，這一拉，讓浩子有種被拉出深淵的錯覺。

一切如陳強預料，監獄的內部勢力表面上雖然被鐵支掌控，但有非常多的人只是屈服鐵支的淫威，並非真心跟隨。陳強憑藉著自己廝殺後博得的名聲，迅速在監獄內建構自己的勢力。

「我想你應該很清楚吧。」典獄長對鐵支說道：「最近監獄內部的勢力不夠穩定，新人竄出頭，踩到你地盤上了你還能容忍？再這樣下去你還能有多少好日子過？」

鐵支面色凝重地瞪視著典獄長，後者戴著墨鏡，露出冷酷的笑容。

「他還不成氣候，我一點也不擔心。」鐵支抽了一口菸：「做事要留後路，沒資本怎麼東山再起？你這計畫根本自殺！難道我會貪圖一點小利就鋌而走險嗎？未免太狗眼看人低！」

順子跟其他囚犯站在鐵支身旁，警戒著典獄長與其他全副武裝的獄卒，這已經是第三次會談了，每一次都讓他心驚膽跳。

典獄長有些無奈地攤手道：「你有什麼條件？」

鐵支說：「我要自由。」

典獄長皺著眉頭：「要求這種事當我傻子嗎？」

鐵支冷笑：「那你自求多福，沒我，你就跟著你的野心一起埋葬在罌粟花下吧。」

兩人目視彼此好一會，四周的空氣彷彿凝結，順子很明白就算鐵支是囚犯間的老大，但終究只是囚犯，掌控監獄的仍舊是典獄長，他陰晴不定的性格如果被惹毛了，一場血腥衝突在所難免，但身為老大身旁的人可不能示弱，他與手下們也瞪著典獄長的護衛。

「可以！」典獄長的話讓順子等人鬆口氣，「反正你只要辦好事就行，但事成之後，貨全歸我。」鐵支笑著點頭遞上一根菸說：「那個男人真的這麼厲害？需要你賭上頭頂的烏紗帽？」

典獄長接過菸笑而不語，但鐵支從那笑容上嗅到了恐懼。

跟著陳強的人越來越多，大部分都是懼怕鐵支的囚犯，但陳強知道這對鐵支的威脅仍然有限，畢竟身強體壯的囚犯都被鐵支優先收納。陳強底下的人多是較為瘦弱，或者個性上較軟弱的人。

「不用擔心，」夜鷹說：「戰爭不是全靠蠻力，歷史上有很多以少勝多的例子，我叫你做的事情辦得怎麼樣？」

陳強說：「我要多一點時間，現在我有幫派，但力量還太弱小，根本沒人當一回事，我必須在最短時間訓練他們，等情況穩固後，講話自然有份量。」

「那你最好快點，」夜鷹說：「這件事情很重要。」

陳強疑惑地問：「你什麼時候這麼關心監獄了？」

夜鷹不語，翻身睡下，陳強知道他在刻意迴避問題。

陳強利用白天待在工廠的時間，教導囚犯們該如何利用武器戰鬥，他把過去所學到的格鬥技巧加上夜鷹的戰術思維教給所有人。

為了增加實戰經驗，陳強遇到衝突便指揮手下反擊，他永遠身先士卒衝在第一線，也是最後一個離開，他願意捨身保護底下的人，也願意花時間跟每個人聊天。陳強的作風與鐵支獨裁的領導風格形成強烈的對比，漸漸地，陳強的勢力逐漸擴張，沒有人敢再襲擊他，甚至還有敵對勢力跳槽到他這裡來。

某天他發現獄卒居然不再指派工作給他，三不五時就有人來私下送禮甚至送錢，回頭發現身旁跟著一堆人，他明白，時機成熟了。

陳強知道該找誰，那個曾經欺凌過他的獄卒——阿凱。

他派人賄賂阿凱將他帶到工廠的角落，阿凱發現陳強在場後非常震驚，轉身想逃但被陳強事先埋伏的人馬圍住。

「為什麼這麼害怕？」陳強笑道：「你有做什麼對不起我的事嗎？喔對了，我們初次見面時多虧你的照顧，現在腹部還隱隱作痛呢！」

阿凱臉色慘白地低下頭，陳強想到當時他囂張的模樣，對比現在忽然覺得可笑。

「十年河東，十年河西，你沒想過我現在會有這樣的勢力吧？」陳強說：「我可以對你為所欲為，只要賄賂你的同事就好了，你們都是這樣不是嗎？只看錢做事，同胞的死活都無所謂，反正上面永遠會替補人力下來。對了，當初我跟建忠被鐵支圍剿時你有沒有收錢？」

阿凱的冷汗從額頭滑落，他支支吾吾地說道：「我……這個……我忘記了。」

陳強使了眼色，眾人迅速地將阿凱的四肢壓住，他想尖叫但被人拿布塞進嘴裡。

「我知道你喜歡欺負那些沒有勢力的囚犯，如果你死了一定很多人會非常高興的，但我今天不想這麼做。」陳強說：「我要你做一件事，你肯照辦我就暫時放過你。」

阿凱的眼睛一亮，拼命地點頭，陳強命人拿出他嘴裡的布，冷酷地說：「你很資深不是嗎？告訴我現在監獄的管控狀況，各個管理階層的狀況，包括誰當家，有任何奇怪的人事異動嗎？所有的一切我都要知道！」

「為什麼你要知道這些？」阿凱疑惑地問。

陳強揪住他的衣領吼道：「照做就是，如果你敢說出去，我會讓你生不如死，記住，」陳強笑道：「來、日、方、長！」

阿凱將所有得知的一切都吐露出來，大部分的事情都沒什麼特別的，只有一件事令夜鷹感到好奇。

「你說有個男人時常進出典獄長的辦公室嗎？」夜鷹問。

「嗯，典獄長似乎還對他畢恭畢敬。」陳強說：「有什麼問題嗎？」

夜鷹搖搖頭，但內心知道是那個「男人」沒錯，夜鷹有點驚訝他還在這，當初他對自己說的「最後的機會」、「終結」到底是什麼意思？這些詞彙令人不安，但目前只能確定他接到命令暫時掌管了監獄，應該準備策畫什麼陰謀吧。

陰謀？最近幾個月已經沒有人再對自己實行「拷問」，自己彷彿就像被遺忘在這地牢一般。免於皮肉之苦固然是好事，但卻讓人不安。

「關於那個男人，叫阿凱再多打聽。」夜鷹說：「看有沒有辦法知道那男人的目的。」

陳強搖頭說：「很難，阿凱很害怕那男人，一直不願意提起他，我費了很多功夫威脅他才打聽到這些，不過有另一件事情倒是令我很在意。」

「什麼事？」

「我曾經阻止阿凱欺負一個老囚犯，後來我再見到那老囚犯時發現他瘋了。幫派裡有人告訴我老囚犯進管制室前還好好的，因為阿凱負責新囚犯的配置，所以我也問他這件事，他說有看到男人從後門進入管制室，我懷疑這兩者有什麼關係。」陳強說。

老囚犯？夜鷹眉頭深鎖，陷入沉思。「那個老囚犯死了嗎？」夜鷹問。

陳強聳聳肩說：「沒有吧，勤務室沒有收容精神病患的地方，所以應該放任他亂跑吧。」

「他還活著？」夜鷹有些驚訝：「這種地方精神病犯人的下場是最慘的，因為無法溝通，所以就算被欺負也沒人管他死活，一般來說很難活過一個禮拜。」

陳強不解地問：「那這到底？」

「調查一下吧，如果他還活著，或許可以從他身上知道些什麼。」夜鷹說。

陳強有點不悅地說：「你叫我調查這麼多，總得告訴我原因吧？我很討厭好像被捲入某種事件的感覺。」夜鷹輕輕地對他招手，陳強警戒地靠近他。

「你能保守祕密？」夜鷹小聲地說。

陳強挑著眉，狐疑地點點頭。

夜鷹笑道：「嗯，我也是。」

典獄長辦公室裡，阿凱有些坐立難安，自從來了新當家後，他真的不想在這多待一秒鐘，某方面來說男人的個性沒有典獄長那麼跋扈，但他的氣場卻十分冰冷。

「所以……」男人冷冷地問：「你跟他說了？」

「對，我說你有進管制室。」阿凱答道。

男人冷笑道：「很好。」

他站起來，看著監控工廠的監視器，老囚犯因為大便在餐桌上，被眾人痛毆著。

「我看你能裝到什麼時候。」

六、IRDA

「一棟五千人的監獄裡找一個老頭子是有多難啊？」陳強無奈地搖頭嘆氣。

有精神疾病這麼明顯的特徵，加上握有幫派勢力要找一個老人應該很容易吧？陳強很快就發現自己太天真了，沒有任何一個獄卒願意讓精神病犯待在自己的轄區超過兩天，被當皮球踢的情況下讓老囚犯的行蹤很難掌握。

「也許透過其他區的勢力去找？」浩子建議道。

陳強搖搖頭：「我現在不想跟其他幫派扯上關係，組織才剛成立沒多久，這樣豈不是告訴其他人我們的情報網很弱嗎？」

在監獄裡除了武力外，情報也是備受重視的資源，情資蒐集的效率也是力量的一種展現。

「那調查舍房人員異動清冊呢？」說話的是陳強的幫派裡少數體格壯碩的囚犯阿昇，「賄賂一下獄卒應該就可以拿到了。」

陳強說：「不行啦，監獄的清冊都是做好看的，充斥一堆假資料，更何況沒有人願意登載一個精神病的老頭，萬一出事可是要倒大霉的。」

眾人一籌莫展之際，浩子忽然眼睛一亮，但又隨即遲疑地搔著頭：「呃，我們或許可以跟清潔者打聽。」

阿昇一聽厭惡地發出乾嘔的聲音：「我才不要跟清潔者打交道！」

「清潔者？」陳強疑惑地問：「這裡負責打掃環境的人不都是囚犯互相輪流嗎？」

在浩子的解釋下，陳強才明白所謂的「清潔者」泛指最低賤的囚犯，這些人沒有勢力，也不懂得巴結大尾或老大等統治階層，甚至可能惹毛了他們才被迫成為清潔者。「清潔者」顧名思義就是清潔的人，正常人不願意做的髒活都由他們處理，比如清潔廁所、洗眾囚犯的衣服、處理伙房的餿水等等。

當然，清潔對象也包括人，有些老大要處裡高漲的「生理需求」時，清潔者通常都是最佳人選，所以他們也是最被瞧不起的囚犯，其存在宛如餿水、垃圾，驅動這些垃圾工作的動力，乃是動物的本能——生存。

陳強記得夜鷹說過，戰鬥不是化解衝突的唯一選擇，路不只一條，無力反抗的人只能尋找最適合的生存方式。經過探索，陳強意外地發現清潔者的數量還不少，只是他們善於將自己隱身於群體間，眼神永遠透露著不安與疲累。

陳強沒有刻意刁難他們，但很快打聽到有個清潔者有跟老囚犯接觸。

「編號4854。」浩子說：「刑期不算很重，大部分的清潔者都是這種咖。」

三人循著線索來到監獄西北邊的工廠——全監獄唯一一間打鐵廠，三人趴在小山丘上，挑望著一間煙囪冒著黑煙的鐵皮工廠，浩子用一個壞了一眼的雙筒望遠鏡觀察著四周情況。

「真有你們的，」陳強看著望遠鏡，欽佩地讚嘆道：「在這鬼地方連望遠鏡也可以拿到。」

浩子笑著：「多虧強哥夠大尾才能有這些好東西，強哥你看看……」

陳強接過浩子的望遠鏡，察看了工廠四周好一會兒後，疑惑地說：「浩子，我想這不是單純的打鐵廠吧？」

「強哥說得對，傳聞這裡是軍方的代工廠，囚犯都必須要有打鐵的相關經驗才能分配到這裡。」浩子說。

阿昇興奮地手舞足蹈：「太酷了！那裡面一定有很多武器，我們弄個幾把出來如何？」

浩子給阿昇一個白眼：「呆子！被抓到可是會就地槍斃的！」

「如果帶得人多，還怕那幾個看門狗不成？」阿昇說。

「想搶軍火可能沒那麼容易，」陳強嚴肅地說：「這工廠被數層帶電的鐵絲網包圍，持步槍的獄卒搭配著警犬來回巡視，四周無高山屏障視野遼闊，如果一大群人突襲很快就會被發現了。真虧軍方想在監獄建廠，連人事費跟地租都省了，但管制這麼森嚴要怎麼進去？」

「強哥我們不用進去，但要繞到工廠後門，」浩子解釋：「清潔者大概每隔兩個小時就會到工廠後方倒煤渣。」

「你怎麼那麼清楚阿？」阿昇說。

浩子比了個大拇指，笑道：「之前監獄整修但人力不足，便從囚犯中挑出一個有建築經驗的人協助工程，我剛好就是那一個！」

﹃

三人沿著鐵絲網移動，小心躲避獄卒和警犬。

工廠後方有一片廢棄煤渣傾倒用地，簡單講就是挖了許多大坑，將廢棄的煤渣倒進去。坑被填滿後再挖下一個，四周的土地都被汙染呈現褐紅色，遍地寸草不生。

一名髒兮兮的囚犯光著上身打開鐵門，吃力地推著一大車煤渣穿越鐵絲網來到空地，陳強看到那囚犯的臉後震驚地瞪直雙眼，浩子發現不對勁正想叫他時，陳強握緊拳頭以全速往前衝刺並大喊著：「王建！納命來！」

陳強撲倒囚犯，拳拳紮實地打在他臉上，憤怒的嘶吼更近似哀號。

「強哥你冷靜一下！」浩子跟阿昇拚了命將他拉開，但陳強不知哪來的力氣，死拉著瘦弱的囚犯不放，這把浩子跟阿昇嚇壞了。

「強哥你快住手！萬一被這裡的獄卒發現我們會被殺的！」

「住手！」王建大聲求饒，浩子跟阿昇好不容易才把陳強拉開，但他仍不斷咆嘯地猛踹王建。

阿昇摀住陳強的嘴巴哀求道：「強哥你別叫啦，再叫下去我們都要死在這了！」

陳強氣喘吁吁地發抖，但總算稍微冷靜一點。

王建按著血流如注的鼻子氣道：「你們瘋啦！幹嘛揍我？我哪裡招惹你們，咦？陳強？」

陳強憤怒地掙脫阿昇的手，一腳將王建踹倒並踩住他的胸口。

「強哥先別衝動！」浩子勸道：「你忘了還要問老囚犯的事嗎？」

「陳強！居然在這裡遇到你，真是太好了！」王建忽然抱住陳強的大腿哭求道：「快救我！看在我們認識的份上，拜託你一定要救救我！」

陳強原本想將王建打死，但求饒這個舉動讓他瞬間傻眼。

「救你？」陳強氣得雙手顫抖：「你做了那些事還以為我會救你？」

浩子不解地問：「強哥他做了什麼？」

王建哀求著：「那只是誤會，真正的凶手不是我！我可以解釋給你聽，我們都被算計了，真正的兇手是另一個男人……」

陳強不等王建說完又給他一拳：「你自己去跟亞靖解釋吧！今天不把你宰了我不姓陳！」陳強使勁掐住王建的脖子，浩子立刻將陳強拉開。

陳強怒道：「不要攔我，這傢伙殺了我女友還想嫁禍給我！我一定要殺了他！」

阿昇駭然地對王建說：「你殺了強哥的女人？」

「強哥你之前說的人就是他？」浩子也很訝異，陳強點點頭。

「我才不管那個精神病老頭的下落，總之我要他死！」

王建眼睛一亮連忙說：「你們想知道那神經病的下落？我知道我知道，讓我加入幫派我就帶你們去找他！」

浩子有點懷疑地說：「你知道他在哪？」

「當然！」王建猛點頭：「但拜託收留我！我聽過你們的幫派，我不想再被人欺負了。」

「欺負？」阿昇好奇地問：「被誰？」

浩子說：「任何人，清潔者是最下賤的，就算是小尾也可以踩在他頭上！」

陳強仰天大笑：「果真有因果報應，你被誰「臨幸」過？感覺你是順子喜歡的類型！」

王建想起被順子汙辱的血淋淋回憶，惱羞成怒：「我是立委的兒子耶！你敢這樣嘲笑我！」

陳強揪住王建的脖子憤恨地說：「你還真以為你能呼風喚雨？我剛剛改變心意了，就讓你在這個地方被玩弄到死好了，與其一刀了結，不如讓你嚐嚐自尊被徹底踐踏的滋味！你就承受萬般痛苦後再悔恨而死吧！」

「不——」王建崩潰地痛哭，但一會後接著又大笑：「那你們去找啊！這一大片煤渣地找一個老頭的屍體，看你們上哪找！」

陳強聽了大驚：「他死了？」

「對！只有我知道！而且我也明白你們要找什麼！」王建從褲子的口袋裡掏出一只金牙：「你們想發財不是嗎？那老頭嘴裡的金牙在我這，他身上還有幾顆，想知道他的屍體在哪就保護我！」

一隻骨瘦嶙峋的手飛快地奪走王建的金牙，王建大吃一驚回頭看到老囚犯站在身後，怒氣沖沖地瞪著他

「還給我！你這沒死透的臭老頭！」王建一拳擊出，老頭低頭閃開還踹了他下體一腳，王建瞬間癱軟在地，痛苦地哀號著。

「我才不臭，居然打昏我還拔我牙齒，年輕人不學好想當賊？可恥！」老囚犯吐了口痰罵道。

陳強等人看到老囚犯十分震驚。「你……你沒瘋？」陳強問。

老囚犯緊張地對陳強說：「沒時間解釋了，你們的聲音已經引起警衛的注意，要趕快離開這。」老囚犯從嘴裡硬拔出另外兩顆金色的假牙，強塞給陳強。

「拿著！這是顛覆整個國家的關鍵，我犧牲了一切才蒐集到的資料！我遇過這麼多人當中只有你最能信任，收好它！」

陳強看著滿手黏稠的口水，不禁露出嫌惡的表情：「老、老先生，這只是顆牙齒！」

老囚犯握住陳強的手：「這不只是牙齒，時間不多了！如果你找得到K……等等，不可能！」

老囚犯焦躁地猛抓頭皮：「不可能找到他！他被關在監獄的深處，這裡到處都是他們的眼線，到處都是！但這些牙齒我無法丟掉，它們太重要了！再過不久遲早會被發現，我現在就只能交給你了！」

遠處傳來急促的狗吠還有腳步聲，阿昇著急地說：「我們要快點離開，被發現就玩完啦！」

「跟我走！」陳強拉住老囚犯的手臂：「我可以保護你！」

老囚犯搖搖頭，他掀起上衣露出肋骨上一道深及見骨的刀痕，傷口已經化膿嚴重感染。

「躲得了一時也苟活不了多久，祕密就在牙齒裡，記住！如果你逃不出去就把牙齒打碎，一定要打碎！」

陳強點點頭，王建抓住他的腳哭喊著：「你們不能走！我不想回去，拜託收留我！」

陳強一腳踢開他，轉身跟著浩子等人離去。

「年輕人！」

陳強回頭，看到老囚犯對他裂嘴而笑。

「謝謝救過我，希望你能努力讓這個世界更好。」

十幾分鐘後，數名獄卒拉著警犬趕到現場，看到瘋癲的老囚犯將煤渣塗抹在身上癡呆地笑著，嘴裡還流著口水。

老囚犯一看到獄卒便捧著煤渣又唱又跳地靠近，獄卒們嫌惡地準備要用槍托攻擊時，一雙壯碩的手臂壓下獄卒的槍。

「我一向都鄙視記者。」

獄卒們迅速地退到兩側，男人如同巨石般的身軀來到老囚犯面前。

「販賣資訊，利用報導分化社會階層，這是奸商、小偷才會的伎倆。」男人對老囚犯說：「不用再躲了張大記者，這次請你老實把東西交出來。」

老囚犯愣了一秒，瘋狂地手舞足蹈叫著聽不懂的語言。

男人揚起嘴角，無視被灑了一身的煤渣碎屑冷冷地道：「沒有希望就沒有絕望。」

男人命令獄卒將老囚犯架住，並從容地取下耳中的無線耳機塞進老囚犯的耳裡。老囚犯原本死命地掙扎，忽然耳機傳來再熟悉不過的聲音：「拿著！這是顛覆整個國家的關鍵，我犧牲一切才蒐集到的資料！」

看著老囚犯驚訝的神情，男人輕聲在他耳邊說道：「這麼重要的東西交給一個陌生人，證明你已經窮途末路。但要不是你心急，我又怎麼會知道你把東西藏在牙齒裡呢？你就像一隻受驚的鼬鼠，只要放你走就會帶著獵人回巢穴，可惜你拼命裝瘋賣傻但還不是栽在我手中？」

「你、你……」老囚犯脹紅著臉，內心的憤怒、失落糾結在一起，渾身顫抖著說不出話。

男人冷冷地說：「再告訴你一件事，把陳強跟K關在一起，是我一手安排的。」男人將手背擱在他的肩膀上，如同一把刀子給予老囚犯極大的壓迫感。他像頭野獸般凝視他的獵物，冷酷的眼神如同藏在水面下的冰山，深不可測的實力讓人恐懼。

「原本我想讓你活著好破解密碼，但既然東西在K那裡你就沒用了。放長線釣大魚，我喜歡有人為我代勞。」

老囚犯激動地抓著男人的衣領，憤怒地咆嘯著，男人單手掐住他的脖子，老囚犯的咽喉發出一絲冗長的氣音，雙眼暴凸瞪著男人。

「我記得你主修哲學」男人伸出另一隻手，緩慢但使勁地扭轉老囚犯的頭：「柏拉圖說，死亡不會是一個人最壞的遭遇……」

陳強等人偷偷潛回工廠，黃昏時他再度被蒙上黑布拖回X牢房，他將牙齒藏在褲子內側的暗袋裡躲過了獄卒的搜索。

當夜鷹聽完陳強的敘述後突然激動地跳了起來，陳強從沒看過夜鷹如此激烈的反應。

「你說他叫你去找一個叫K的人？」夜鷹問。

陳強苦笑道：「不過一會兒後他又說K在牢房深處我不可能找到他，這老頭有點瘋癲，我不確定他是否清楚自己說得話，總之他給我這個。」陳強拿出三顆金牙，夜鷹拿起一顆，透著走廊的昏光仔細觀察，並用狐疑的眼神看著陳強。

「他只給你三顆？」夜鷹問：「沒其他東西？」

陳強有些惱怒地說：「又來了，你這討人厭的疑心病，我根本不知道這是什麼，獨吞對我有什麼好處？」

夜鷹又看了另外兩顆牙齒，沉默許久後問道：「你有問他的名字嗎？」

陳強搖頭道：「來不及問，他似乎在躲避些什麼，你認識他？」

夜鷹長嘆一口氣，陳強第一次見到他露出惋惜的眼神：「終究是命吧，老張果然也逃不過追緝，沒想到這幫人做得那麼絕。」

「欸欸欸，好歹我也幫你調查情報，總該給個回饋吧？」陳強抱怨道。

夜鷹說：「你聽過ＩＲＤＡ嗎？」

「沒聽過，那什麼？」陳強說。

「International Resistance Dictatorship Alliance 國際抵抗獨裁聯盟，簡稱ＩＲＤＡ，專門協助世界各個獨裁國家的反政府軍，給予物資或者軍事上的訓練……」夜鷹欲言又止，似乎正在選擇恰當的詞彙。

「我曾經是ＩＲＤＡ的軍事教官，Ｋ是我在執行海外任務時的代號。」

七、機密

「不行！」建忠堅定地搖著頭，臉色難看到極點：「我不能讓你們出去，更別提進勤務室調查什麼神經病給的牙齒，你會把我們都害死的！」

夜鷹隔著覘視孔舉起金牙：「這不是單純的假牙，這是微型儲存裝置，老張受過訓練，他知道怎樣將重要資料藏在意想不到的地方，我非得知道他到底要給我什麼東西。」

建忠哭喪著臉說：「夜鷹你饒了我吧，被抓到我可是你們逃獄的共犯，我是監所管理員會被加重刑責的，你也不想看到小傑變成孤兒對吧？陳強你說句話勸勸他，別讓他發瘋了好嗎！」

「事實上，」陳強笑道：「我也想看看裡面是什麼。」

建忠一聽發出失望的悲鳴，他向後跳開生氣地指著兩人：「反正我不開門你們誰也別想出來，我不可能為了幾個假牙斷送我的未來！陳強！你還記得你躺在病床上時我跟你說過的話嗎？我不能輕易送命，隨便你要嘲笑我軟弱什麼的都行，但我不會開門的！」

「建忠你聽我說……」夜鷹想繼續努力說服建忠，但快被逼瘋的建忠索性摀住耳朵拒絕溝通，夜鷹面色凝重地嘆了口氣。

「我只記得你被你的同事們出賣，他們為了錢棄你於不顧，讓你痛苦萬分。」陳強說：「但這裡有很多同樣處境的人每天都在痛苦中掙扎，現在有人將希望賭在我身上將資料交給我，如果我們不互相扶持只默許周遭的不公不義，這跟那些邪惡的人有什麼區別？就像我曾經捨身救過你，如果再來一次我還是會做同樣的選擇。」

建忠的五官都皺成一團，他悲戚地看了陳強一眼：「那不一樣……」

「你幫他，從此我們互不相欠。」陳強帥氣地豎起大拇指。

夜鷹用十分堅定的語氣說：「我不會讓你為難，如果被發現，將責任推給我就行了。」

「你拿兩件獄卒的衣服讓我們換上，這樣就不容易被發現了。」陳強的話讓夜鷹有些驚訝。

「你也要去？多管閒事的下場你還記得吧？」夜鷹笑問。

陳強怒道：「廢話，但這是我花很多力氣才得到的情報，當然要調查一下！」陳強好奇地問建忠：「不過每間舍房不是有監視器嗎？這樣我們離開不是立刻就會被發現？」

「不用擔心，我是不存在的犯人，所以監獄沒我的任何紀錄，連監視器都沒有，只有走廊有監視器。」夜鷹說。

陳強聳聳肩：「那就好辦了。」

兩人同時看著建忠，四周忽然安靜地可怕，建忠陷入了兩難，內心的道德虧欠感正鞭打著他的良心。

許久後他才很勉強地說：「我們利用晚上換班的時間行動，但是你們都給我聽好了，如果有任何不對勁的狀況……」

「我會立刻挾持你，讓你不至於成為我們的共犯。」夜鷹說。

面對兩人的堅決，建忠長嘆一口氣：「好吧，但如果時間到了你們還沒結束，或者你們想越獄，我就只能按警鈴了。」

陳強跟夜鷹穿著建忠從宿舍偷來的獄卒制服，三人戰戰兢兢地朝勤務室前進，這是陳強首次沒被套上頭套就離開舍房，夜鷹提醒他放輕鬆，遇到其他獄卒時要快速敬禮通過，千萬不可四目相交。

建忠則緊張地手汗直流，因為他平時沒什麼關係好的同事，三人走在一起難免會被起疑，所幸沿路上相安無事，三人迅速穿越勤務室來到宿舍。

建忠說勤務室有監視器，他有台筆電放在宿舍的房間，三人到了之後陳強原本想開燈，但夜鷹制止了他。

「用手電筒就好。」夜鷹接過建忠的筆電，將手電筒給陳強，並叫建忠拿毛巾將門縫塞住。萬事俱備，夜鷹拿出三顆金牙放在桌上，透著手電筒的集束光檢查牙齒。

「你只有三十分鐘。」建忠小聲地說：「要快點！」

夜鷹從抽屜拿出一把美工刀，用刀鋒輕挑著金牙的邊緣，一會兒後金牙的側邊被挑開一個小縫，夜鷹將它掀開露出牙齒的切面，一塊極小，只有幾毫米的晶片鑲在表面上。

陳強與建忠看的目瞪口呆，夜鷹用同樣的方式從另一顆牙齒取得晶片，他將兩塊晶片挑出來放在桌上，陳強好奇的問：「這麼小的晶片你要怎麼放進電腦裡？」

夜鷹露出微笑，摸索著第三顆牙齒，他讓牙齒的底部朝上，將牙根的部分轉開，露出一個有著極小插槽的裝置。夜鷹用美工刀小心翼翼地將兩塊晶片插入插槽中，接著打開筆電的ＷＩＦＩ設定。

「冷戰期間特工怕執行任務時被俘虜，蒐集到的資料被敵人竊取，因此發明了各種儲存資料的媒材。現在的技術更加精密，這三顆假牙組裝起來就是一個小型的無線通訊器，一塊晶片負責儲存資料、另一塊提供ＷＩＦＩ通訊模組，最後一顆是電池供應器。」夜鷹邊說邊將組裝好的牙齒放在筆電旁邊，筆電的ＷＩＦＩ顯示一個加密後的訊號。陳強驚呼：「這真是太驚人了。」

「驚人的還在後頭，」夜鷹點開加密訊號，跳出一個輸入密碼的視窗。

「這是老張最常用的加密裝置，輸入錯誤的密碼資料就會自動銷毀，但事實上根本沒有密碼，這只是預防有人想破解裝置的陷阱。」夜鷹用美工刀挑開裝著電池的假牙的另一面，露出一小塊黑色的面板，夜鷹將小姆指貼上去，視窗上立刻顯示一組密碼，夜鷹按下確定鍵，視窗上立刻挑出一大堆密密麻麻的資訊。

「我跟老張有過協議，以我們兩個人的指紋為共通密碼，除非另有ＩＲＤＡ的技術支援，否則誰也打不開。」

建忠說：「所以這些是什麼資料？」

陳強說：「上面的數字好多個零，不會是錢吧？」

夜鷹看了一會說：「這些是海外的匯款紀錄，每一筆的數字都極為龐大……等等，莫非……」

夜鷹點開資料夾，裡面儲存著影片與圖片，將近上千張，內容讓三人都倒抽一口氣。

影片大多是紀實類型，拍攝角度都在遠處，似乎是偷拍，但偶爾有些角度看得出來是監視器的畫面。

內容是大屠殺。

背景是海灣港，一艘艘運輸船的夾板放下後，大批的武裝部隊衝上岸，極有效率地朝岸上的民眾開火，速度之快不留活口，訓練有素。影片沒有聲音，但民眾張大嘴巴痛苦的表情讓三人彷彿聽見連連哀嚎，一個小女孩身上的洋裝沾滿血跡，在路上邊走邊哭，就算聽不見聲音陳強也知道她在哭喊著找「媽媽」。

一個身穿黑衣的武裝人員走到女孩身後，拿出手槍抵住她的後腦……

下一秒陳強撇過頭不忍觀看，建忠則是摀著嘴巴迅速地拿出床底下的臉盆大吐特吐，夜鷹看的面色凝重，眨也不眨一眼。

陳強大叫：「這到底是什麼？」

「這是海灣港，沒想到老張真的查到了。」夜鷹難掩激動地說。

陳強看著監視器的影片最下角的日期大吃一驚「這是十五年前的三月二日！我記得那時不是發生有史以來最嚴重的氣爆案嗎？新聞說因為當初地下管線配置的緣故，導致整個海灣港被炸毀一大半，可是這個畫面是怎麼回事？」

「別相信新聞的一切，尤其是這個國家的媒體」建忠趴在地上虛弱地說道：「我……我曾經聽我老婆說過，海灣港的氣爆案是為了掩飾更重大的案情，當時受難者家屬都被禁止領取遺體，調查的專案小組也不了了之，最奇怪的事，當時媒體很快地轉移焦點，所以有很多人懷疑背後有政府的陰謀。」

陳強指著影片裡的武裝人員說：「所以陰謀就是這個？政府派軍隊屠殺人民？」

「不，」夜鷹搖搖頭：「這些人是ＰＭＣ。」

陳強生氣地說「可以拜託你說中文嗎？ＰＭＣ是什麼？」

「多讀點書好嗎？Private Military Company是私人軍事企業，類似傭兵的組織但規模更大，從保鑣到軍事顧問都在他們的業務範圍。」夜鷹說。

陳強問：「跟你那個ＩＲＤＡ一樣嗎？」

夜鷹冷笑道：「差多了，ＩＲＤＡ對抗的是獨裁政府，ＰＭＣ是拿錢什麼髒活都做，從暗殺到戰爭無所不包，只要有錢，任何人都能聘雇他們。這段影片的武裝人員看來應該就是ＰＭＣ，畢竟有很多國家不願意幹的髒活都會交給這些人。」夜鷹深吸口氣：「這些資料可以證明政府的暴行，曝光的話甚至會引發革命，沒想到老張獨自一人調查到這麼多資料。」

「為什麼你會知道這些？你到底是誰？」陳強質問道，建忠也轉頭看向夜鷹。

夜鷹盯著螢幕，影片不斷反覆播放，可憐的小女孩被打死無數次，他淡然地說：「我在十五年前加入ＩＲＤＡ，協助各國反獨裁政府的戰爭，一場意外讓我認識老張，他是一個固執但心思細密的記者，他一直在調查海灣港的慘劇。於是我向上申報ＩＲＤＡ，不久就獲權協助他，我們透過許多管道最後成功調查到政府內部，但在關鍵的時刻我們被線人出賣，我用盡一切方法讓老張帶著資料逃到國外，並讓政府以為資料還在我這。」

陳強注意到夜鷹的眼神有些閃爍。

「我被國安局抓住後被關入這棟監獄，忍受十幾年來接連不斷的酷刑，但我始終相信老張會將真相公諸於世，既然老張被抓到這，看來他也凶多吉少了。」夜鷹感慨地說。

「你從沒跟我說過這些事！」建忠驚訝地說。

「最近幾個月當局忽然停止對我的審問，現在……」夜鷹欲言又止，不知怎地忽然想起男人告訴他的話。

「人都該有第二次機會，希望你做出正確的選擇。」

夜鷹感到不安，但還是恢復鎮定：「現在老張居然被關進來，代表政府一定牽涉其中，他們一定想要這些資料。」夜鷹說。

陳強繼續追問：「所以都跟政府有關？為什麼政府要指使海港灣的悲劇？」

忽然門把轉動，鑰匙轉動的開門聲讓三人嚇了一跳，夜鷹問建忠：「你跟同事一起住？」

「我沒有啊！」建忠焦急地說道，陳強率先一個箭步，飛快地衝上前想鎖上門但卻慢了一步，房門打開，陳強看到小傑站在門口，一時剎車不住整個人跌了一跤。

「大哥哥？」

「小傑？」建忠立刻將小傑拉進門內關上門，粗魯的舉動嚇壞了小傑。

「你怎麼會自己回來？不是叫你下課後要打給我嗎？鑰匙給我！」

小傑臉色蒼白地將鑰匙遞過去，建忠接過鑰匙伸手賞了他一個耳光，小傑摸著熱辣的臉頰，眼角泛著淚光：「我……我只是想說你在忙，所以自己先回來，門口的叔叔也沒攔我……」

「閉嘴！」建忠怒道：「你知道這樣會有多危險嗎？你被禁足了，沒有我的允許不准出門！」

小傑的眼淚終於潰堤，陳強僵在原地不知如何是好，夜鷹則擔心小傑的哭聲可能會引來其他人的注意。

「我討厭你！」小傑氣得踢了建忠一腳，身高差的緣故剛好正中建忠的下體，小傑轉身奪門而出，建忠發出尖銳的氣音，腿成內八字跪下，夜鷹連忙對陳強叫道：「快去追他，萬一他引來其他人就糟了！」

陳強緊追著小傑，費了一番功夫終於抓住他，但小傑蹲在角落鬧脾氣，怎樣也不肯起身。

「小傑，我們回去好嗎？不然我會被發現的。」陳強輕拍他的肩膀，眼神不斷警戒四周，深怕讓路過的人起疑。但小傑用力甩開陳強的手，轉過頭一句話也不說。

這可難倒陳強了，他一向對小孩最沒轍，小孩喜怒無常的個性令人厭煩，亞靖就不同了，她一直是小孩的天使，那麼的溫柔、有耐心，像太陽般散發著溫暖。

陳強忽然好想念她。

「小傑，你聽我說，你爸爸他……他並不是討厭你，相反的他是太愛你、太在乎你的安全才會一時衝動，別難過了。」陳強說：「現在或許你不懂，但有天你就會明白，最親的人總是會因為太愛我們，有時才會做出傻事。」

「我知道。」小傑低著頭說：「媽媽走了以後爸爸就變得很怪，很多時候都很嚴肅。他以前很溫柔，很愛笑，但現在的笑都像是裝的。爸爸他很害怕但我不知道他怕什麼，他越來越膽小，好像都忘記怎麼笑了，我好害怕，可是媽媽曾經說我是男孩子要勇敢一點。」

陳強愣在原地，說不出話。

「大哥哥，你很厲害嗎？夜鷹叔叔也很厲害，你們可不可以保護我爸爸？我已經沒有媽媽了，我不想失去爸爸。」

陳強不語，輕輕地在小傑身旁坐下，笨拙地伸出手搭著他的肩，嬌小的身軀慢慢地靠在他懷裡，他覺得胸口暖暖的。

他想起那天救了被阿凱羞辱的老人，當時他被阿凱踹倒在地，天空中代表自由、純潔與正義的藍色令他目眩，忘卻了肉體的痛楚，也幸虧這樣才抑止了眼淚。

「謝謝救過我，希望你能努力讓這個世界更好。」老人的話在耳邊縈繞著。

他有點想哭。

鐵支在一旁竊笑，因為他很久沒看過真正的傢伙——槍。

典獄長走到他身邊，依舊戴著墨鏡掛著詭異的笑容，兩人看著囚犯跟獄卒們合力搬運好幾箱沉重的木製箱子。夜晚冷風呼呼，幾盞微弱的燈光搖曳，眾人迅速但安靜地行動著。

鐵支打開一只木箱取出一把步槍擦拭上面的灰塵。典獄長說：「雖然是舊式的槍枝。但性能不錯吧？重點是沒有編號，所以無從查起。」

「性能得等試過後才知道。」鐵支笑道：「這數量真多，你的興趣真叫人不敢領教。」

典獄長說：「軍方硬要在這建工廠，我取部分抽成不算偷竊吧。」

鐵支將槍放回箱子內，滿意地說道：「行，到時大幹一場。至於你說的那個男人呢？」

「讓我處理，」典獄長的語氣聽得出滿腹怨屈：「我迫不及待要親自跟他面對面。」

躲在工廠後門的夜鷹跟建忠躡手躡腳地離開工廠，夜鷹拉著嚇到腳軟的建忠，不時注意四周以防被人發現。

「你看到了嗎？你看到了嗎？槍……是槍啊！」建忠有些歇斯底里地叫著，夜鷹按住他的嘴往他肋骨揍了一拳，建忠痛得無法呼吸。

「安靜點，被發現就糟了！聽好了，我們現在盡快找到陳強還有小傑，接著你把我們送回舍房，然後假裝什麼都不知道繼續值班，懂嗎？」

建忠點點頭安靜不少，但牙齒不斷顫抖著，兩人沿路上一句話也沒說。原本擔心陳強那小子被發現所以出來找他，沒想到卻目睹驚人的景象。

暴動？這是夜鷹的第一個直覺，但是為何獄卒也在其中？這種獄卒跟囚犯和樂融融的景象令人戰慄，莫非一切都是男人的陰謀？可是他不可能發動暴動這種事，他是政府的走狗，破壞監獄有什麼好處？萬一引來社會關注豈不是下不了台？當他知道老張也被關在這時，他猜測男人口中的「終結」就是政府打算放棄追尋資料，直接將疑似握有資料的人滅口。

那可得殺幾百人啊！但這都跟暴動事件沒有任何關聯啊。所以監獄的暴動是自發行為？但典獄長這個服從體制的奴隸好端端地為何要這麼做？

夜鷹百思不解，事情絕對不單純，他忽然恨自己只能待在暗無天日的牢裡，這樣根本無法獲得任何情報，唯一能依靠的只有陳強……

陳強？夜鷹靈光一閃，突然想到這場暴動或許可以是個轉機。

或許，這將是他最後一次的任務。

⚷

「這數量真多，你的興趣真叫人不敢領教。」

陰暗的房間裡，監視螢幕堆滿了牆，幾名身穿西裝的人正坐在電腦前操作著。

男人盯著手上的墜子望著出神，聽著喇叭傳來竊聽器的收音。

「我迫不及待親自跟他面對面。」

男人抬起頭，一旁的螢幕監控著監獄的各個角落，典獄長跟鐵支指揮著囚犯們、夜鷹跟建忠在宿舍找到陳強與小傑，一切的一切都顯示在各自的畫面上，遠看螢幕並列的網狀格像一盤紛亂的棋盤，男人露出冷笑，難掩激動地用手刀切開酒瓶的瓶口。

「嗯，我也期待。」螢幕的藍光讓他的臉更顯深沉，他灌了一大口酒，收起笑容。

八、騷動

就像遊戲一樣，槍聲的咆哮蓋過一切聲響，那些逃竄的人們就像張大著嘴巴演著默劇，頭盔內側的無線電下著毫無生氣的指令，夜鷹手中的槍噴出火焰，陌生的面孔一個個倒下。

就像遊戲一樣，他告訴自己，指揮部的人正在計算分數，他要努力一點，這些手無寸鐵的人跟那些壕溝裡的敵軍沒有分別，都是任務的一部分。

忽然他呆愣，停下猛扣板機的食指，槍機不再撞擊子彈，世界安靜了。

小女孩在哭，她找不到媽媽。

只有一剎那，他將眼前的身影跟自己的小女兒重疊，夜鷹慢慢地放下槍，耳邊嗡嗡作響。他受了非常多的訓練，早已將殺人當作喝水般稀鬆平常，但現在他卻扣不下板機。

夠了，我受夠了！他想著，伸出手朝小女孩走去。

「這樣不行啊！」一名隊友搶他一步走到小女孩身後，他從腰際拔出手槍對準女孩的後腦。「你這樣形同釋放叛亂分子，會被公司追究的。」

等一下！

夜鷹想開口，砰！

小女孩的腦漿撒在夜鷹的身上，他呆滯地看著不再掙扎的軀體，伸出的手就這樣懸在半空中。

隊友將頭罩掀起，粗曠的面容冷峻地笑著……

「夜鷹！」

高分貝的音量讓夜鷹回過神，陳強嚴肅地說：「你失神啦，我剛講的話你有在聽嗎？」陳強看著冷汗直冒的夜鷹，覺得十分古怪。

「我沒事，」夜鷹恢復鎮靜：「我只是有點疲倦。」

陳強說：「我問你，暴動是真的嗎？」

「如果你覺得囚犯跟獄卒一起把玩槍械很平常的話，那你大可懷疑。」夜鷹說：「典獄長身邊還有個臉上有一道疤長及嘴角傢伙，似乎地位不小。」

陳強深吸一口氣：「是鐵支錯不了。」

夜鷹說：「兩個分別掌管監獄白天與黑夜的傢伙湊在一起不是要扮家家酒吧？」

陳強思考了一會說：「你在打算什麼？」

夜鷹掏出一個USB說：「老張的資料全部都放在這裡了，我要趁著暴動帶著資料逃出去，逃到國外交給IRDA總部，將這些資料公開給國際媒體。」

「但你要怎麼知道暴動發生的時間？」陳強問。

夜鷹說：「所以我需要你，利用你的幫派去蒐集情報。」

陳強嘆氣說道：「如果真有計畫暴動的話，我的人早告訴我了，為何到現在都沒消息？」

「所以這一定不是囚犯間策畫的。」夜鷹有些激動地說：「監獄的高層絕對有問題！我不知道典獄長打什麼主意，但這是個好機會，別告訴我你想永遠待在這裡。」

陳強說：「當然不想，但如果逃跑的話，我們會被通緝的！」

「那又如何？」夜鷹冷笑：「你也看到他們手刃無辜的生命，今天他們可以掩蓋事實，明天就會將暴力合法化。媒體讓我們活在一個虛假的社會，一個自以為和平的世代，但當瘡疤揭開後才發現毒瘤早已滲進骨子裡。再過十年，人們會讓獨裁者為他們掌舵，遺忘了先人們用鮮血換取的自由，到時你會後悔為何知曉真相卻沒有力挽狂瀾。」

陳強啞口無言，他知道夜鷹說的對。

「我們非走不可。」夜鷹說：「如果再加上建忠的協助就會很有機會。」

陳強嚴肅地說：「不行！不能把建忠牽扯進來，萬一有什麼意外，我不想看小傑傷心。」

夜鷹沉默了一會後說：「那帶他們一起走吧，留在這裡是沒有未來的，你去打聽暴動的情報，利用你的幫派加入混戰，情況越混亂對我們越有利。」

陳強皺著眉頭，覺得情況不對勁：「你的意思是要我犧牲他們，好當煙霧彈讓我們逃走？」

「任何代價都伴隨犧牲！」夜鷹說：「犧牲一點人能夠推翻政府的陰謀，這絕對是值得的！」

陳強激動地反駁：「不！他們都是我的弟兄，你要我送他們去死然後自己苟活？你想要我用什麼理由慫恿他們？難道我要說越獄後人生將會充滿無限希望這種鬼話嗎？」

夜鷹揪住陳強的衣領將他推向牆壁，陳強看到夜鷹的眼神顯露出難得的憤怒。

「別搞不清楚狀況了！」夜鷹說：「他們都是重刑犯！你以為他們有多無辜？待在這種沒尊嚴的地方才叫苟活，我們這麼做是為了拯救這個社會！」

陳強甩開夜鷹怒道：「為了正確的事情可以不擇手段嗎？」

「我認識一個真正不擇手段的男人。」夜鷹說：「他被政府派來正幕後操控這所監獄，我不認為他會想要引發暴動，但我知道他一定在策畫更大的陰謀。如果不思考對策我們都會死在這，他可是個連殺小孩都不眨一眼的狂人，犧牲兩百人、只要犧牲兩百人就能拯救一個國家，你就不能權衡輕重嗎？」

陳強陷入沉思，臉上逐漸露出痛苦的神情，最後憤怒地垂著牆壁怒吼：「去你媽的！」

王建氣喘吁吁地趴在冰冷的地板上，一個肥胖的囚犯從他的背後挺起身，臨走前吐了口痰在王建的臉上。

「連叫也不會叫，你死人啊！」

王建動也不動，每當身上黏滿了惡臭的體液時，他就能感覺某種東西蠶食著他的靈魂，他閉起眼睛，這身軀殼現下只被屈辱填滿，有時真想就這樣死了算了。

但他死不了，因為順子不允許。

順子在監獄裡憑著鐵支的庇護大發淫威，他用暴力脅迫他看上眼的囚犯，將他們組隊，然後像包裝成商品一樣地在獄中販售。

他將這些人分類成各個等級，就像肉類市場那樣，只要付錢或等值的物品就能盡情地「享用」。這生意出乎意料的好，順子很有生意頭腦，他知道無論在任何環境，驅使人活著的終究是最原始的慾望，那是本能也是最有賺頭的生意。

「你不讓客人高興我就會讓你難過，」順子翹著蓮花指生氣地說：「搞清楚你的身分呀，不過是個清潔者還敢那麼囂張！耍脾氣？也不看看你有多骯髒。」

失去尊嚴已經不是最該擔心的事，日復一日的凌虐讓王建的精神狀態產生錯亂，他越來越無法集中精神，半夜不是失眠就是被惡夢驚醒，時常焦慮地無法克制。然後他總會想起陳強，那個目中無人的混帳，亞靖跟了他簡直暴殄天物，但他仍為了失手殺死亞靖感到後悔。

亞靖死後，男人在拘留所與他見面時，他憤怒地對男人咆哮。

「你說那把槍沒有子彈！」王建怒道：「你說我拿出槍，陳強那小子就會嚇得半死，在亞靖面前丟臉，為什麼要騙我？你知道我爸是誰嗎？」

男人冷峻的眼神看著他，狹小的房間燈光昏暗，許久後他才開口。

「我只答應給你一個報復陳強的機會，但沒說要按照你的方式。」

王建說：「他媽的！你現在是想陰我嗎？我跟我老爸講，你就死定了！」

男人瞪了他一眼，王建立刻寒毛直豎。

「你爸是顆棋子，我對小齒輪沒興趣。」男人站起身，像座山一般給人無比的壓迫感，王建嚇得跌坐椅子上。「現在你必須聽我的話做，才能全身而退。」

「怎……怎麼做？」王建問。

王建出庭時，堅決否認自己的罪刑，並指控射殺亞靖的是陳強。

「聽你滿嘴放屁！」憤怒的陳強不顧開庭當中，凶狠地朝王建撲過去，但被一旁的數名法警制伏。

不用陳強提醒，王建也知道這些說詞根本連三歲小孩也騙不了。但驚訝的是，這樣的說詞居然被法官採信了，一切就如同男人所說，他全身而退，陳強反而成為殺人兇手被判有罪。當法官宣判最終結果後，他恍惚地步出法庭，臨走前他看了陳強一眼，陳強的臉上跟他有著相同的表情；失神、無以明狀地徬徨。

在法院的走廊上，被法警拖走的陳強憤怒的哀嚎讓空氣都為之震盪，他永遠忘不了那個聲音。

紛亂的生活忽然瞬間平靜下來，他暗自竊喜，殊不知這只是暴風雨前的寧靜。

王建依舊夜夜笙歌，某天他在聚會上把到一個騷貨，一夜的翻雲覆雨後那女人便獨自離開。

過了幾天警察找上門，原來那女人失蹤了，家人跟朋友都到處在找她。原本王建心想，干我屁事，但染血的鋸子、繩子及榔頭從家中的儲藏室搜出時，他才驚覺不妙。

女人被支解成一塊一塊裝在黑色垃圾袋裡，當他車子的後車廂被打開時，在場的警察及記者都吐了。

家人無法原諒他犯下的惡行，尤其是老爸直接罵他「禽獸」並從此斷絕往來，媒體強力放送分屍命案的新聞，將他塑造成萬惡的狂魔，讓他成為社會與論的眾矢之的。

在證據確鑿下，審判過程迅速且極有效率，他甚至感覺一晃眼自己瞬間就坐在囚車內，他看著鐵窗外閃逝的景色，不禁發出怒吼。

「我沒殺人！我是無辜的，我要見律師，你們不能迫害我，有人嫁禍給我！」王建歇斯底里地嚎叫，但現在的他，已經不是以前茶來伸手、飯來張口的公子了，現在的他只是任人魚肉的弱者，被當作發洩對象的性奴隸。

「不！我不應該淪落到這種下場，這不是我應得的結局！」王建淚流不止，他握緊拳頭撐起身，告訴自己，如果尊嚴被奪走，他就應該把它奪回來，無論任何代價！所有人都應該正眼看我！所有人！

炙熱的中午，阿昇幫陳強拿來午餐後一屁股坐下，工廠的角落雖然陰涼，但阿昇的大個頭讓空間變得更加擁擠，惹來週遭一陣嫌棄，他只能傻笑地陪不是。

陳強張望著四周的人們，這近百人都相信他給的承諾而追隨他，現在要犧牲他們怎麼樣也說不出口。

浩子不客氣地對阿昇說：「阿昇你太大隻了，滾遠點好嗎？強哥會被你一身肥油熱死的。」

四周傳來竊笑，阿昇的臉泛起紅暈，他不甘心地反擊道：「擠一下會怎樣？強哥你說是吧？」

「嗯……」陳強默默地低頭趴了一口飯，阿昇朝浩子比著勝利的手勢。

阿昇開心地對陳強說：「強哥我再過一個月就可以出獄啦，到時會多帶點會客禮回來孝敬你的。」

陳強有些吃驚地說：「出獄？這麼快？」

「不快不快，」阿昇抱怨：「都十五年了，老婆早跟別人跑啦，老媽早死老爸在我進監時掛了，出去後就孤家寡人一個嘍。」

「說到這個，我也沒機會回去看我母親最後一面。」一個囚犯忽然感慨：「聽我老婆說，我兒子在學校被人家笑，說有個囚犯老爸丟臉死了，所以他死都不肯來看我，真是……」

陳強低下頭，一股難以言喻的悸動讓他莫名羞愧。

阿昇見狀拍了拍陳強的肩膀：「強哥你別亂想！我們連這鬼地方都熬的過出去後更不用說，

將來我回到老家種我家那塊荒廢的地，想吃什麼就種什麼，永遠別再回來這鬼地方。強哥你若是出來一定要來找我，到時我的田地有起色，娶個外籍新娘好下廚給你嚐嚐。」

浩子笑道：「娶外籍新娘可要不少錢，你拿什麼當聘金？西瓜嗎？」

所有人哄堂大笑，浩子拍著胸脯對陳強說：「強哥，到時你出來後想找房子記得找我，你在這幫了我這麼多，我一定給你找便宜又好住的房子！」

其他的人也相繼「自我推薦」。

「強哥，我出來後要經營小吃攤，你一定要來給我請客！」

「我……我可能去做工地，但是強哥你要苦力找我，我一定幫忙。」

「強哥你曾經幫我擋了一刀，這輩子無法還你，下輩子你被砍一定幫你擋！」

阿昇罵道：「呸呸呸！強哥下輩子是有錢人的命，你別詛咒他！」

「哈哈哈……飆仔也是一番好意嘛，強哥我沒什麼志向，出去後也不知道這個社會接不接受我，只能怪當初一時衝動做傻事才進來蹲苦牢。但我出去後一定好好過日子，才不會枉費強哥幫我這麼多！」

「強哥我……強哥？」

在大家錯愕的注視下，陳強才發現眼前早已一片迷濛，他尷尬地擦拭眼淚，但熱辣的液體仍不斷湧出，最後他滿臉通紅地低下頭。

他要如何叫一群對未來仍抱有希望的邊緣人去死？為一個抽象的理想送死？被這個地獄折磨過後，他們僅存的願望就只是過平凡的日子而已啊！

陳強知道這些人都是罪犯，或許有很多人喪命於他們手中，但他卻無法抽離自己的情感；一同笑過的夥伴可能會被遺忘，但一同哭過的夥伴卻無法割捨，陳強無法忽略他們同樣也是有血有肉的「人」。

這份知覺，讓他無法眼睜睜看他們送死，於是他只能低頭，流下名為無奈的淚。

⚷

王建躡手躡腳地取出步槍，他曾經在美國打過靶，那份震撼的手感還殘留在手中，現在光是將槍握住，內心就燃起一股澎拜的悸動，他反覆低語著湧上心頭的渴望：

沒人可以欺負我！

幾個看門的囚犯正抽著菸，一個獄卒好奇地上前問道：「喂！是誰打開門的？你們知道倉庫裡面有什麼嗎？」

一個囚犯答道：「窮緊張耶，你們這些膽小鬼，一個清潔者進去整理倉庫啦！」

「清潔者？你們找來的？」獄卒問。

「是順子叫來的。」囚犯答：「說是有東西忘了拿。」

獄卒說：「順子要拿東西為何不派其他人來？要一個清潔者代勞？」

一個囚犯有些緊張地附和道：「欸！他說得有道理，這小子進去了那麼久都沒出來，你們不覺得奇怪嗎?再說，順子老大怎麼可能告訴一個清潔者這個倉庫的地點?」

獄卒一聽查覺不對勁，立刻抄起槍拉開鐵門，黑暗中頓時噴出無數的火光將獄卒打成蜂窩，獄卒連叫都來不及就死了，身上的彈孔還冒著徐徐白煙。

囚犯們看著獄卒的屍體飄出陣陣燒焦味，無不驚恐地看著大門敞開的倉庫，王建拿著一把步槍漫步踏出，他扯高氣昂，眼神幾近瘋狂地傲視眾人。

「為什麼不可能?喔，沒什麼好驚訝的，我親愛的同學們，任何細微的小事，再天大的祕密都逃不過清潔者們的情報網路！」王建尖銳地笑著：「密謀暴動?笑死人了，這消息早在清潔者間傳開了，現在是時候我們把帳好好算仔細了，Now who is your daddy??哈哈哈！」

男人一記手刀將桌面劈開，成堆的文件四散一地，身旁的人都低著頭不敢出聲。男人抬頭看著監視畫面中掃射囚犯的王建，看著他扭曲的笑容，男人的臉上第一次顯露怒意。

一會兒後桌上的紅色電話響起，男人拍拍肩膀的灰塵，好整以暇地拿起話筒。

「你搞砸了?」

「一切在掌控中。」男人說。

「別把我當白痴，我看得到監視畫面，當初為了避免王建洩密所以聽你的建議將他送進這，現在他失控你可要負全責知道嗎？萬一計畫出差錯公司會將你視為棄子，給我做好覺悟。」

男人仔細數著自己平穩地呼吸聲，緩緩地說道：「目前我們要的資料已經被解密完畢，只剩下奪取資料後啟動焦土計畫就可完事。」

「達成任務，不然就死在那。」電話另一端中斷通訊，男人的額頭爆出青筋，帶著滿滿的殺意掛上話筒。

「不用給我槍。」男人阻止了想打開武器櫃的部下：「我會迅速處理好。」

九、陰謀

王建的肩膀被槍的後座力震得有些疼痛，但內心卻舒爽無比，這種掌控生殺大權的感覺讓他狂喜莫名。

他看著一張張陌生或熟悉的面孔，毫不猶豫地扣下板機，彈殼沿著路經的足跡掉落，成為血跡斑斑的陪葬品。

槍聲嚇壞了盤據在工廠屋頂的烏鴉，也驚動了工作中的囚犯及獄卒。

「肅靜！老實地待著別亂走動！」獄卒們安撫著騷亂的秩序，但他們心裡也驚駭莫名，那些源源不絕的槍聲是哪來的？

囚犯們交頭接耳，每個人都停下手邊的工作，有人想探頭察看被獄卒兇狠地拉回座位，陳強聽著那連環的聲響也泛起疑慮。

一個囚犯小聲地對陳強說：「強哥，這不太妙，這些聲音很像槍聲！」

「你別亂說！」浩子笑說：「瞎緊張，怎麼可能？」

囚犯趕緊解釋：「是真的！我以前開過槍，這是槍聲沒錯啊！」

陳強面色沉重地凝視慌亂的局面，內心疑惑這槍聲莫非是暴動的前兆？難道夜鷹發現的時機太晚了嗎？

「浩子，情況不太對勁。告訴大夥，如果有任何狀況各自散開。」陳強說。

阿昇拍著胸口說：「強哥放心，有事我挺著。」

一串突如其來的巨響讓工廠的紛亂平靜下來，那原本在遠處的槍聲現在近在咫尺，眾人屏息地朝門口看去。

重傷的獄卒跟囚犯拖著幾具屍體走進工廠，四周鴉雀無聲，但六百人的恐懼卻清晰可見。

「啦啦啦……啦啦……」王建哼著歌跟在他們的身後，他的眼神如預備殉道的聖者般無神。

王建搖了搖槍管，眾人吃力地將屍體疊在一起，接著王建扣押板機，槍口噴濺出的火花將他們打成蜂窩。

步槍的震攝力彷彿打開開關，眾人向四方潰散，場面失控。

王建張開雙臂，享受著環繞四周的尖叫聲與逃竄的人影，忽然他看的一個人向他走來，帶著一雙再熟悉不過的凝視。

「就憑你也能加入暴動。」陳強說：「看來典獄長底下是沒人才了。」

王建搖搖手指露出邪笑：「No！No！No！我對典獄長跟鐵支的計劃沒興趣，這是大爺我重新掌握人生的重要時刻！」他撫摸著槍身，露出癡迷的表情：「將那些屈辱加倍奉還，讓他們跪著含住槍管哭著求我憐惜他們。」

「如果這不是暴動的一部分，你的槍從哪裡來的？」陳強有些詫異。

王建怒吼道：「這就是我跟你們不同的地方！我王建目光遠大，不是你們這些膚淺的人所能掌控的！」王建指著堆疊的屍體說：「今天這棟工廠就是一個祭壇，讓所有人都重新審慎我的地位！」

「你真是可悲！」陳強說：「你以為殺死這麼多人就會受到尊敬嗎？別蠢了，你依舊是個懦夫，當時在PUB我就該殺了你為亞靖報仇！」

王建激動地將槍口指著陳強：「你不配提那個名字，一定是你招惹了某人，那男人才會陷害我殺死亞靖，這都要怪你！」

「神智不清的傢伙！」陳強撥開槍管，揚起掌底重擊王建的鼻梁，趁王建重心不穩陳強緊抓槍身想奪槍，王建心慌之下扣緊板機，槍管噴出無數火舌射殺許多逃竄的囚犯。

浩子等人好不容易逃出工廠，忽然浩子猛地停下腳步，抓住阿昇的肩膀問道：「強哥人呢？怎麼不見了？」阿昇跟其他人左顧右盼，一時呆愣在原地

「剛剛還有看到人啊！」一個囚犯慌張地說。

「該不會還在裡面吧？」阿昇說完聽見工廠內爆出接連槍響，所有人面面相覷，不好的預感浮現心頭。

「不行！我要去救他！」阿昇掉頭往工廠內衝，其他人恍然地看著浩子，浩子大叫一聲：「靠！你們還看什麼？跟著阿昇衝啊，難道要讓其他人笑我們貪生怕死嗎？」

監獄內部的裝備器械室警鈴大作，眾多獄卒忙碌地穿戴裝備，典獄長來回踱步，憤怒地咆哮：「養你們這些飯桶要幹什麼？還不快點！」他內心焦慮萬分，原本預定在八日那天才啟動計畫，但誰知私藏計畫用的槍枝居然被某個神經病竊取，果真不能將看守的任務交給一群下賤的囚犯，萬一被男人發現這批槍枝不只計畫毀了，他也要跟著陪葬。

挽救的機會迫在眉梢，如果慢了就太遲了。

「他媽的還要多久？」典獄長吼道。

建忠戴上一頂全罩式的鎮暴用鋼盔，阿凱遞給他一把鎮暴用散彈槍，建忠猶豫地遲遲不肯接下，阿凱罵了一聲「懦夫」將槍整枝丟給他。

「裡面只是橡膠子彈，但那個發瘋開槍的神經病拿的可是真傢伙！你不反擊想死嗎？」阿凱說。

建忠崩潰地求饒：「可是我根本沒用過啊！我連打架都沒打過，你要我向人開槍？」

阿凱不屑地說道：「到時候你就會知道怎麼做了。」

調和毒品的實驗工廠裡，鐵支聽完順子慌張得報告後爽快地笑了。

「這與我何干？」鐵支悠哉地說：「真出事責任也可推得乾淨，倒楣的是典獄長。」

「是……是嗎？」順子鬆了一口氣笑道：「那人家就放心了。」

鐵支略有深意地看了順子一眼：「我聽說那個破壞計畫的神經病是你的『商品』，是嗎？」

順子的笑容頓時僵化：「這，老大你是什麼意思？」

「沒什麼啦！」鐵支躺在涼椅上翻過身：「萬一真的追究下來，總得找個替死鬼不是嗎？」

陳強感受到雙臂正在燃燒，王建死命地抓著槍不肯放手，縱使他已經被陳強擊打多處要害，但絲毫未顯露敗相。

這個公子哥怎會變得這麼難纏？陳強知道絕非自己技不如他，但這股狂燄的氣勢卻不由得讓他顫抖，他想起夜鷹說過的話。

「陷入瘋狂的對手最難纏，腦內啡激增之下肉體幾乎感受不到疼痛，腎上腺素會讓他的力氣高於原本的數倍。你唯一能做的就是殺死他，不過，殺人也不是那麼容易的事，尤其是你意識清楚時。」

什麼意思？陳強恍惚之際被王建一記頭槌撞得頭昏眼花，他轉移重心提膝猛撞王建的腹部，王建連番哀號但仍未鬆手。

殺人很難嗎？他至今仍不是抱著殺死對手的決心跟人拚搏？

不，他從沒意識這麼明確地要殺死一個人，此刻要制止王建的方法唯有殺死他，但這一瞬間陳強猶豫了。

為什麼？他可是殺死亞靖的兇手啊！你在心軟什麼？

「有人的確會殺人上癮，但對大部分的人而言，使用暴力到達一個水平時會產生恐懼，這是人的防衛機制，恐懼會促使遠離危險。」夜鷹說：「但群體行使的暴力卻會淡化這個機制，暴力的目的便為群體的生存手段，因此我們將之合法化以消弭這份恐懼，所以許多國家總是『依法』行使戰爭。不過，普通人在一般情況下面臨生殺大權的抉擇時，仍然會被這股『本能』所擄獲，你將被迫凝視著受害著的雙眼，雖然人死後就像是睡著一樣，但你會深刻體驗到有什麼東西被你奪走，且永遠無法挽回。」

「別開玩笑了！」陳強怒罵，使勁地猛打王建，但王建只是吐了口血沫，露出毫不在意的笑容。

「牢飯沒吃飽嗎？你的拳頭弱到連隻螞蟻都殺不死！」王建使出肘擊劃破了陳強的眼角，頓時鮮血直流。

陳強的眼前一片血紅，他喝斥道：「閉嘴！」

你奪走了一切，讓我無法再凝視她的雙眼，這樣的人渣死了有什麼可惜？

「莫非你不敢殺人嗎？」王建的話讓陳強臉色一變，王建笑道：「我說對了！你終究只是個找爸爸撒嬌的弱者，就算到了這裡也是一樣。但我不同，就算受了這麼多恥辱，我還是可以親手扭轉劣勢讓欺負我的人付出代價！」

陳強咬牙切齒，憤恨地說：「我警告過你，別牽扯到我父親！」說完提腳膝撞，王建感受到腹部如同被炸裂般的疼痛，但他咬緊牙根抱住陳強的膝蓋，用盡全力將他壓倒在地。王建抱緊槍向後爬起，陳強想抓住王建的腳卻慢了一步，槍口已對準著他的額頭。

「嘿嘿嘿……哈哈哈！」王建恣意著扭曲的笑容：「你為何在煤渣場沒有救我？這裡所有人的命都要算在你身上，但我要感謝你讓我重獲新生，我明白了自己的價值，再見了小白臉！」

一股涼意直衝腦門，陳強閉上眼睛的同時聽見連聲槍響。震耳欲聾的聲音卻沒伴隨著意料中的痛苦，陳強詫異地睜開眼睛。

「嘿，強哥，沒事吧？」

「你……」陳強目瞪口呆，他伸出顫抖的手卻無力地垂放，阿昇如同擋箭牌擋下了全部的子彈，他露出爽朗的笑容後隨即吐出一大灘血。

「強哥……看來我是無法……讓你看我種的田了，我……」阿昇的話乍然停止，雙眼圓睜地頹然倒下。

陳強瞪大的雙眼布滿血絲，眼眶中打轉的是悲到極致的殤，不堪的回憶就像刀子深深地刺在他的心中……

「笑一個，小笨笨。」

「強哥，你出來後一定要來找我！」

「啊啊啊——」陳強發出如野獸般地嚎叫，流著淚發瘋似地撲向王建。

「可惡！為什麼總有人會幫你擋子彈！」王建重新校正目標，扣押板機！

陳強動之在先，踏步隻手上突，指尖插進王建的眼裡，同時間子彈貫穿陳強的大腿。

王建感覺雙眼火灼燒刺痛，他按著雙眼淒厲地哀號，陳強看著王建倉皇逃離，拖著麻痺的右腳身追了上去。

「王建！回來面對我！你這個雜碎，我們還沒完啊！」陳強怒道，但王建的身影越來越遠，自己的下半身也逐漸失去知覺，陳強這才發現右腳血流如注，血滴沿著他經過的路形成一條蜿蜒細長的血河，他看了阿昇一眼，使盡吃奶的力氣向前走，撐著模糊的意識呢喃著……

「你等我……等我替你報仇！」

王建淚流不止，眼前所見皆是一片模糊，接著他聽見一陣雜亂的腳步聲，在視力被奪走的情況下決定先隱藏起來。

他瞇著刺痛的雙眼，憑著朦朧的視野發現不遠處有棟建築物，當下立刻匆忙地躲進去，這裡似乎是棟正在整修中的工廠，內部無人，燈光昏暗。

王建蹲在一處角落焦躁地揉著雙眼，視力終於恢復一些，此時不遠處忽然傳來金屬掉落的聲響，嚇得他舉起槍警戒指著四周。

「是誰？」

是誰……

……是誰

回音在工廠裡繚繞，王建胡亂掃射，槍火閃爍著照亮昏暗的四周，肆虐停歇後槍口冒著徐徐白煙，但仍舊一片死寂。

就在王建想喘口氣時，一道人影從餘光閃過，他狂喜地叫道：「抓到你了！」接著又是一陣火光四射。

王建很快打完所有子彈，煙硝味挑動著他的神經，他往腰際一摸，發現彈夾不知何時已經用盡。

「出來！我要親手宰了你！」王建怒吼，一陣清晰的腳步聲頓時從身後傳來，他回頭一看，一個模糊的人影逐步靠近他。

王建丟下槍掏出短刀，面目猙獰地揮舞著，但當那人的臉從陰影中顯露時，他瞬間驚訝地差點握不住手中的刀。

「是、是你？」王建害怕地向後退了數步，拿刀的手顫抖著。

男人面無表情，冷峻的眼神如同凝視螻蟻般鄙夷，駭人的氣勢讓王建不由自主的向後退。

「你怎麼會在這裡？我在這被當畜生般對待都是你害的！為什麼要陷害我？」王建質問：「說話啊？」

面對王建的憤怒男人不發一語，肅殺的眼神沒有絲毫動搖，王建感受到男人的實力深不可測，若被他占得先機絕對毫無勝算，不如先下手為強！

王建雙手握刀飛快地朝男人刺去，男人紋風不動，在刀尖即將刺到胸口的那一剎那單手握住王建持刀的手腕，男人扣緊虎口向外翻轉，王建的掌骨登時斷裂。

「啊——」王建痛苦地掙扎，但男人使勁地扭轉斷裂的手掌，王建痛得飆淚，用另一隻手接過刀砍向男人。

這一刀紮實地刺進男人的手臂，刀口劃破柔軟的皮膚後陷進肌肉裡，但並沒有意料中地砍進整隻手臂中，反而被手臂的外側肌肉緊緊夾住，使勁抽也抽不開。

人的肉體可以鍛鍊到這般地步？王建又驚又怒，男人另一隻手握緊拳頭拉至腰際蓄勢待發，王建警覺到被這拳擊中斃死無疑，他放開刀拼命想掙脫，先是亂拳接著瘋狂地拉扯，但眼前的身軀仍舊不動如山。

男人面不改色地吸了口氣，擊發！拳如閃電般射出，精準地如同光束般慣穿王建的喉嚨，王建兩眼翻白癱倒在男人腳邊。

男人對無線耳機呼叫：「我搞定了。」

「長官，典獄長出動了鎮暴部隊，目前正在收拾殘局。」

男人陷入短暫的沉默後：「幫我轉接總部。」

「可是計畫……」

「暴動應該會提前發起，我要立刻啟動『焦土計畫』。」

「邊境部隊還在整備中。」

「我自有辦法……該收網了。」男人說。

陳強脫下上衣包紮傷口，拿著路上從獄卒的屍體旁撿來的槍來到工廠，他警戒四周，發現王建趴在地上動也不動。原本陳強懷疑有詐，但很快地發現不太對勁。

死了？

陳強上前小心地查看王建的屍體，發現沒有明顯外傷，手腕呈現不規則的形狀，似乎是被擒拿的招式降伏過，擒拿？多麼熟悉的技巧，能夠將擒拿熟練至實戰的人可是十分稀少，在他認識的人裡面，沒什麼人能有此能耐。

陳強察覺到王建的手中握著一個發著微弱反光的物品，他拉開手腕發現是一只墜子。在剛剛打鬥時並沒有發現他帶著這東西，陳強推測或許是王建與人戰鬥時從對方身上扯下來的，他撿起那只墜子，忽然有種奇異地熟悉感。

「這是？」陳強發現墜子的側面有閉合的縫隙，於是便將墜子打開。

他呆愣幾秒後，雙腿一軟，跌坐在地。

浩子等人沒看到陳強，最後順著阿昇屍體旁邊的血跡來到工廠，發現陳強坐在王建的屍體前。

一個囚犯上前就是對王建一陣猛踹，道：「媽的！居然殺了阿昇，看老子踹你進十八層地獄！」其他囚犯見狀也加入「鞭屍」行列，浩子則是上前關心陳強。

「強哥你沒受傷吧？」浩子問：「監獄出動鎮暴部隊，可能不久後就會到這了，我覺得我們得躲一躲，強哥！你受傷了？」

陳強用手遮住大腿的傷，鎮靜地說：「不用管我。浩子，把所有人集合起來，我有個計劃。」

建忠被沿路上的屍體嚇得臉色鐵青，但在看到王建的屍體後終於吐了，他從來沒看過人死的這麼慘，脖子與手呈現詭異的扭曲角度，翻著白眼死不瞑目的模樣讓人怵目驚心。

在這樣的情況下他根本沒辦法執行勤務，於是想跟阿凱報告回宿舍休養。

但他卻找不著阿凱，問了其他人也說沒看到，大家都忙著搬運屍體、整理現場以及搜索可疑人物。

建忠覺得渾身不舒服，身上穿的鎮暴裝甲就像個大火爐正焚燒著他的靈魂，每張慘死的臉孔都深深印在他腦海裡，緊繃的神經幾乎要使人窒息，於是他趁其他人不注意時偷偷溜走。

天空灰濛濛的，能夠清楚感覺到空氣中逐漸上升的濕氣，建忠低下頭加快腳步，經過一個轉角時忽然被埋伏的一群囚犯架住，不等建忠反應便硬將他拖走。

建忠被摀著嘴巴帶到一處小倉庫，眾人將他推了進去，建忠嚇的想轉身就跑，一個熟悉的聲音讓他停下腳步。

「你們這樣做會嚇到他的，就不能溫柔點嗎？」陳強對浩子等人說。

建忠驚訝地說：「陳強？是你叫他們把我抓來這的嗎？」

陳強坐在椅子上虛弱地點點頭：「抱歉我不想嚇你，但有些事情我要讓你知道。」陳強揮揮手，囚犯們掀開陳強身旁的大布袋，建忠赫然發現被打得半死的阿凱，渾身是傷奄奄一息。

「你瘋了！」建忠大叫：「你知道你在幹什麼嗎？」

陳強對阿凱說：「將你剛剛說得再說一次，記住，有半點猶豫我就繼續揍你。」

阿凱抬頭看著建忠，顫抖的雙唇滲著血，建忠從來沒看過阿凱這般恐懼的樣子。

「典獄長他想清算一個男人，聽說他是上頭派來的。」阿凱吐著微弱的氣息，幾乎快聽不見聲音，身旁的囚犯揍了他肚子一拳，阿凱吐出血沫劇烈地喘著氣。

陳強說：「上頭是誰？」

「我不知道！」阿凱哽咽地說：「真的，我發誓！但典獄長對他畢恭畢敬的樣子，那男人應該來頭不小！」

「為什麼要引起暴動？」陳強問。

阿凱說：「典獄長說他不想被男人壓在頭上，萬一男人掌控監獄大家都沒好日子過，因此想設計清算他。」

「等一下，這不合邏輯。」建忠支支吾吾地說：「如果……這個男人真的存在，那有可能是來接替典獄長的位子，可是這叫做『職位異動』，是正當的人事命令，現在典獄長還沒被替換，代表這男人並不是按照正常的行政命令被派下來的人。典獄長視男人為眼中盯但又非得聽命於他，一定是這男人的背後有其他勢力撐腰。」

陳強說：「沒錯。」

「可是，」建忠疑惑地說：「典獄長就算清算這男人會有什麼好處？在監獄引發暴動是會被判刑的！」

「沒錯，典獄長這麼精明，我不認為他會沒想到這點，他清算那個男人一定有十足把握。」

陳強瞄了阿凱一眼：「而且，一定可以從中獲利。」

阿凱喪氣地說道：「典獄長他……一直在打著毒品的主意。這座監獄每年產出的毒品獲利極高，典獄長從上位以來就覬覦很久了。」

「所以他的目的就是搶走毒品，然後把男人殺死？」建忠問。

陳強嘆氣道：「如果典獄長腦筋這麼簡單我也不會這麼著急。阿凱，繼續說下去。」

「我說完話會被殺死的，沒人會救我。」阿凱搖著頭：「我不想死！」

囚犯將阿凱的頭向後拉扯威脅他：「你不說就打死你！」

阿凱啜泣著但緊閉嘴巴，似乎已經做好覺悟。陳強吃力地站起身，他掐住阿凱的臉凝視著那雙恐懼的眼神。

「你很害怕對吧？我看得出來，我也是……曾經。」陳強說：「當我第一次見到鐵支時，從他的眼神就隱約感覺到他跟我有著極大的不同，在夜鷹身上也有相同的感覺。但我以為是歷練的差異造成的，直到今天我才明白，」陳強忽然有些哽咽：「我們之間最大的差別在於『覺悟』，以前我總認為當重要的時刻來臨時我會知道怎麼做，我以為我做得到但我太天真了，所以今天才會害死了一堆人。現在你說你害怕？不，你還不夠害怕，如果你夠害怕就會用盡一切可能換取活命的機會。」

阿凱看著陳強，呼吸逐漸平穩下來，陳強放開他，過幾秒鐘後阿凱才供出一切：「這裡每一段時間會有人來接收調製好的毒品，典獄長會趁那時動手。他會殺光前來收貨的人，趁亂引起暴動再私下運走毒品。」

「這什麼蠢計畫！」浩子問：「他這樣哪能脫身啊？」
「除非，」建忠說：「這些來收貨的人不是一般人？」
阿凱說「我真的不知道，但典獄長很有把握。」
陳強說：「那些人跟男人背後撐腰的勢力有關吧？按照這邏輯，男人應該是政府的人。」
「這有可能嗎？」浩子有些驚訝地問。
「能指使在監獄種毒品的，絕不會是外面的幫派吧。能夠操縱監獄體系的也只有政府而已，來收毒品的人是誰，可想而知。」陳強說。
浩子問：「殺死政府的人又怎樣呢？」
「雖然表面上男人沒有正式替換典獄長的位子，但我想他私底下已經被授權管理整個監獄，如果他真的是你所謂的上頭派來的話，」陳強看了阿凱一眼：「那他一定被授予重要的任務，至今才暗地行動。」
建忠說：「你的意思是，他必須對這棟監獄負責？」
「對他所肩負的任務負責，雖然我不曉得他的任務是什麼，但監獄暴動可能會導致任務失敗，那他會被追究所有的責任。」陳強說。
「這太唬爛了吧？你這樣說代表典獄長在走險棋，」浩子說：「那發起監獄暴動的責任呢？」
建忠忽然想到什麼，面色凝重地搖搖頭說：「不會的，這所監獄種植毒品的事情如果敗露，那絕對會成為聳動的新聞，一定會殃及政府。假設那男人的幕後真的是政府撐腰，那就算暴動一定會被冷處裡。暴動的責任，只要典獄長找到替死鬼背罪就可以了。」

阿凱低頭不語，陳強問他：「這不是一般的暴動，對不對？」

「對……」阿凱說：「典獄長跟鐵支有一份名冊，都是為這起暴動事件背罪的替死鬼。」

十、動盪

天空發出悲鳴，絲絲細雨轉瞬間傾盆交加，驟雨夾帶著如同雜訊般的白噪音，遮掩了庫房內的騷亂。

獄卒們換上囚犯的服裝，每人在肩膀綁上一條藍色彈力帶，囚犯們打開槍箱，將槍枝一把把取出分發給每個人。

「快一點！」典獄長大聲催促：「誰去給我把阿凱找出來！媽的！這時候搞失蹤。」

「對我的人客氣些，」鐵支走向典獄長，露出意味深長的眼神說：「他們不是給你呼來喚去的狗。」

典獄長說：「有時候人就跟狗一樣，要鞭子抽才會有效率，這不是你蹲了半輩子的苦窯就可以理解的。」

鐵支臉上的刀疤微微抽動著，露出僵硬地笑容：「這場暴動也算值得了，難得看你狗急跳牆的樣子。」

典獄長故作鎮定，但墨鏡下的眼神焦慮地打轉：「這是戰術性的考量，計畫總是充滿意外。」

鐵支問：「時機都還沒到你就自亂陣腳，屍體已經被我的人處裡掉了，你慌什麼？」

典獄長指著鐵支怒道：「你敢問我慌什麼？那個神經病我查出來是你底下的人，壞了我的好事我還沒找你算帳！」

「他只是個清潔者，不屬於任何勢力，」鐵支不動聲色地解釋：「你也太高估那男人的實力，忽略了真正的問題。」

典獄長搖頭說道：「你不懂那傢伙，他總是可以知道一切，所以我非得先下手為強不可。」

「怎麼做？」

「囚禁他，先按計畫大幹一場，再坐等上面的人送上門。」典獄長說。

鐵支咕噥一聲，此時順子拿著兩條識別帶走過來交給兩人，典獄長舉起帶子問：「這是什麼？」

「唉呦，這是人家的提議，待會打起來時場面會亂糟糟的，只要看手臂上的識別帶就不會誤傷同伴了。」順子笑道：「不過材料不夠，有些識別帶是整條藍色的，有的只有在白色的布條上畫了藍點湊合著。」

「挺聰明的。」典獄長對鐵支說：「你還是有精明的部下嘛。」

鐵支冷笑一聲：「你準備何時行動？」

「差不多了。」典獄長掏起無線電對講機，說了聲：「動手！」

瞬間庫房內的燈具全數熄滅，庫房內頓時昏暗引起一片嘩然，但監獄的備用電源啟動，牆上緊急照明的紅光讓典獄長的表情更為猙獰。

「不只是這裡，現在監獄內所有的設施都已被斷電，主控室的電源切斷後將封死各個入口，他再有本事也逃不了。」典獄長說。

一旁的順子露出邪笑：「那陳強那邊就交給我嘍？」

鐵支笑道：「你還是懷念吃不到的鮮肉嗎？」

順子眉頭深鎖，臉上的笑容轉變得僵硬：「他會後悔曾經那樣對我！」

「那男人對陳強非常在意，只要陳強一死，我想那傢伙的任務就會失敗。」典獄長高高舉起槍，扯高嗓子激昂地對眾人說：「現在正是讓我們重新掌控監獄的時刻，拿起你們手上的武器，用砲火堵住反抗人的嘴臉，我允許你們今天像野獸一樣！」他大聲發號施令：「出發！」

突如其來的停電讓建忠嚇了一跳，陳強說：「時候到了。」

浩子疑惑地問：「這種時候居然會斷電？」

「暴動要開始了，」陳強說：「很多人會死。」

建忠不可置信地環顧四周：「真難想像我會遇到這種事。」

「與其形跡敗露被殺，不如孤注一擲。」陳強說：「如果我是典獄長就會這麼做。建忠，你帶著小傑趁亂離開這裡吧，遠離這個紛亂的地方，努力給小傑一個能安全成長的未來。」

建忠的內心五味雜陳，他沉默一會對陳強說：「一起走吧！你曾經救過我，我不能讓你白白送死。再說沒有你，我們要怎麼逃？你知道……我很弱小，我需要你的幫助。」

陳強嘴角微微一揚，帶著感激的神情看著建忠：「堅強點，你跟小傑不會有事的，找夜鷹幫忙，讓他帶你們離開這。」

陳強把追蹤王建時撿來的槍遞給建忠：「把槍給夜鷹，憑他的實力一定可以安全護送你們出去。跟夜鷹逃到國外吧！或許生活很苦，但那一定是個值得奮鬥的世界。」

「陳強！」建忠哽咽地說：「你沒有理由犧牲，拜託，一起逃吧！」

陳強緩緩回過頭看著浩子等人，他看見每個人的眼裡沒有恐懼，只有滿滿對他的信任，他知道，現在轉身也不會招來任何咒詛。

但他不會，也不想再見到有人為自己死去，更憎惡見死不救的自己。

「如果你看到夜鷹，記得跟他說一定要把資料交給那個I什麼R的，媽的早知道就把英文學好。」陳強笑著：「幫我謝謝他，要不是他，我不可能活到現在。他教會了我必須怕死才能拼命活著，但我不能放棄我的弟兄，這些人可以為我死，我不能辜負他們。所以，這一次允許讓我無畏死亡。」

陳強從口袋裡掏出從王建的屍體上拿來的那只墜子：「再說……我也有非留下來不可的理由。」

建忠看著陳強，明白他心意已決，再多的勸說也沒有用。他默默地接過槍，推開門，消失在滂沱大雨中。

雨滴被風吹進倉庫裡，打在陳強的臉上，雨水落入發白的雙唇間，他飢渴地將之吞入腹內。

陳強抬起頭望著烏黑的雲，眼神漸漸茫然，那淅瀝的雨聲將他的意識越推越遠。

「強哥！」浩子等人衝上前拉住從椅子上摔落的陳強，將他扶起。

「是失血過多了嗎？」浩子擔心地說：「黑熊！你曾經做過醫療職對吧？快幫強哥看一下！」

一個皮膚黝黑的矮壯囚犯推開人群蹲在陳強身邊，他仔細地檢查傷勢，一會兒後憂心地說：

「強哥用泥土把傷口堵住暫時止住血，但在此之前他已經失血過多，如果不快清創跟輸血，併發細菌感染就糟了。」

「別管我，」陳強微弱地喘著氣：「我們還有重要的事情要做。」

浩子怒道：「強哥，你如果死了那還搞屁啊！我們就指望你帶領我們幫阿昇報仇啦！」

黑熊說：「勤務室有醫療設備，如果有辦法到那裡我可以幫強哥清創跟輸血。」

囚犯間有人鼓譟說：「媽的！那快走啊！還等什麼？是要等到強哥死掉嗎？」

「不行！」陳強說：「一大群人出去是想當活靶嗎？別忘了殺戮行動已經開始了。」

「那怎麼辦？」

陳強說：「浩子，你之前曾經參與過監獄的整修工程，可曾看過兵工廠的設置圖？」

浩子說：「有，偷看過。」

「有什麼門路可以進去嗎?」陳強笑問。

浩子先是一愣,接著拍著自己的頭大笑:「我明白強哥的意思了,兵工廠改建以前是造紙場,有設置廢水處理設備但改建時並沒有拆掉,我猜是軍方不想多花一筆錢吧,除了必要的設施外,很多地方還保留原始造紙廠房的結構。」

陳強說:「就是這個!從廢棄的大型排水口潛入內部或許就能控制工廠,這樣武器的來源就不成問題了,有足夠的籌碼才能對抗典獄長。」

「強哥,我帶大家潛入工廠,那你呢?你的傷怎麼辦?」浩子問。

陳強看著他不發一語,浩子嚴肅地皺著眉頭問:「強哥,你不會做傻事吧?」

「記住,回來時我要每個人手上都有傢伙。」陳強丟給浩子一支無線電,「拿著。」

浩子疑惑地問:「強哥,獄卒間的無線電頻道是主控室統一監控,我們用他們的無線電聯繫會被發現的。」

「這就是我要做的事!」陳強說:「奪下主控室,讓我們可以互相聯繫又不被發現,醫療室也在主控室隔壁,我可以順便讓黑熊幫我治療。」

「但你要怎麼過去?那裡一定有人駐守。」浩子問。

「別擔心,我有祕密武器」陳強看了阿凱一眼對浩子說:「你們一定要小心。」

浩子說:「強哥,你也是。」

陳強深深吸了一口氣，握緊手裡的墜子，他閉上眼似乎正在祈禱著，一會兒後他睜開眼睛對在場的眾人說：「你們信我嗎？」

「當然！」眾人異口同聲。

陳強說：「我們的任務是拖延典獄長，讓夜鷹跟建忠能夠趁亂逃走，接著能拖延多久就多久。踏出這裡後將生死未卜，如果有人想退出我不會阻攔，但留下的就忘掉過去，今天我們流得每一滴血不只為了幫阿昇報仇，也將替所有冤死在這的靈魂討回公道！你們都是我的弟兄，倘若有緣……黃泉路上我們喝一杯！」

「明白！」

大雨依舊，離監獄幾公里遠的小鎮浸淫在灰濛中，巷子口一間麵攤的招牌在雨中發出微弱的黃光，遠望如同在漆黑的海上航行的小船，孤寂但堅強。

老闆將一碗麵端上桌，奔騰的熱氣撲鼻而來，但客人遲遲不肯開動，老闆疑惑地問：「先生，不合你的胃口？」

「不，能否再給我兩個碗，一個要小一點的。」

老闆笑道：「要給老婆孩子的？那再多叫一碗吧？就一碗麵哪夠一家三口吃啊。」

「那麻煩您，給我一個碗就好。」

見客人神色有異，老闆不敢怠慢，隨即遞上一只空碗。

「你這裡沒什麼客人。」

「景氣不好，隔壁街又開了好幾間餐廳，年輕人喜歡嘗鮮，我們這些老攤販只能一家一家收起來，原本隔壁有間賣水餃的，你看推車還擺在門口，但其實早關了好幾年啦。」老闆用披在肩上的毛巾擦拭臉上的汗水，忽然震驚地問：「客人，你手臂上怎麼受傷啦？哎呀連衣服都被劃破了，你等一下，我幫你叫救護車。」

「不用，是我不小心犯了錯，別在意。」

老闆說：「這怎麼能不在意？你怎麼還有心情坐在這？快點去醫院吧，錢我就不跟你收了。」

「今天是很特別的日子，我的老婆，她很喜歡吃這裡的麵，每次我久久下班一次回家都會帶她來這。」

老闆驚訝地說：「哎呀，所以你是老客人嗎？抱歉我居然對你沒印象，看來我老糊塗了。」

「她最喜歡吃細麵，喜歡大口將麵吸進嘴裡，我都幫她吹涼了再讓她吃，我一向都先讓她吃，看她開心吃飯心裡就會很踏實。」

「你真是個好老公，這種男人現在少有了。」老闆笑道：「你剛剛說要準備一個小的碗，是要給孩子的吧？待會你太太會帶他一起來嗎？呃……客人你還好嗎？」

客人垂下頭止不住地顫抖著，眼淚乍然而落。

「沒有了，都沒有了。」

海風有股淡淡的煙硝味，洶湧的大浪掙扎地跨上海堤，男人迎著海風，多年來，這股煙硝味已跟記憶中的血腥味混在一起，與他的生命形影不離。

一個瘦弱的人影走向他，男人沒回頭，兩人看著烏黑的天空還有暗湧的潮水，沉默了好一段時間。

「J，你找我來應該知道代價。」那人露出銳利的眼神：「依據規定，我們不能跨任務支援。」

「明白，」男人說：「有事我全權負責。」

忽然數十個裝備精良的潛水夫相繼爬上海堤，每個人荷槍實彈，在劇烈的風雨中行動絲毫不受影響。

黑夜中，這群人寂靜而迅速地整隊，取下蛙鏡後的眼神是肅殺，是毫不猶豫的堅定。

「這些人是你的了，但我只能給你這些。」那人說。

男人說：「人夠了，其餘的我自有辦法。」

「你下得了手嗎？」那人用懷疑地眼神打量著男人。

疑問如同拋入水中的石子，男人的臉上閃過極其細微的漣漪，他的手伸向腰際，一陣莫名的空虛向他襲來，他愣了好一會才意識到……墜子不見了。

停電引起舍房內不小的騷動，獄卒們拿起警棍敲打著鐵門維持秩序，但舍房內的秩序開始瓦解，衝突逐漸升高，甚至開始出現鬥毆事件。雖然斷電，但備用電源立刻啟動，走廊亮著微弱的紅光，獄卒們努力地維持秩序。

「肅靜！」一個獄卒大聲叫道：「皮癢了是不是?再吵今晚都給我進犯責房！」

「有點不太對勁。」一旁的同事不安地說：「更早之前我聯絡其他區，發現A跟C區都沒有人回應。」

「怎麼可能?我想是下午的事件讓大家都還在忙吧！」

「我打了快半個小時耶，怎麼可能連留守的人都沒有?」

一股不祥的預感從心頭稍過，忽然傳來連聲槍響，兩人對望一眼火速奔往中央走道，正好目睹幾名持槍的囚犯正射殺其他獄卒，就在兩人還搞不清楚狀況時，無數發迎面而來的火光將他們擊倒。

偽裝成囚犯的叛亂小組很快就掌控了各個區域，沒有被典獄長拉入暴動計畫的獄卒都立即被射殺，舍房內的囚犯看到獄卒被殺，情緒鼓譟到最高點。

「幹得好！就是這樣！」

「早受不了這些傢伙，殺得好！」

「欸！也讓我出去吧，我們可以幫得上忙！」

持槍的部隊們在殺光獄卒後站走在廊的入口待命，此時無線電傳來典獄長的聲音。

「都就緒了吧？」

「就位完畢。」

典獄長說：「清空B區跟C區。」

舍房內的囚犯見到房門被打開無不歡聲雷動，正當他們想衝出舍房時，開門的囚犯拿著槍指著他們，這個舉動嚇壞了所有人。

「等等，你們要幹嘛？」

絲毫沒有給多餘的時間辯解，監獄在轉瞬之間化為巨大的屠宰場，囚犯們如同牲畜，毫無反抗之力地被亂槍打死。待宰的囚犯們哭天喊地，但行刑者毫不猶豫地扣押板機，槍火與哀號成為唯二對談的語言。想要抵抗的囚犯在狹小的舍房內根本無法反擊，更多的人在搞不清楚狀況下成為槍下亡魂。

建忠隱約聽見槍聲，他小心翼翼地返回宿舍，瑟縮在房間角落的小傑看到建忠立刻緊緊抱住他，建忠摸著小傑的頭安撫他的情緒，同時也握緊自己顫抖著手，內心縱使有非常多的恐懼，他仍咬緊牙忍著，為了懷裡的那份未來忍著。

現在不能害怕，該是盡一個父親應盡的責任的時候。

「爸爸，外面一直傳來很大的爆炸聲，好可怕。」小傑的眼神充滿憂慮，建忠故做鎮靜地笑道：「那是放煙火的聲音，爸爸帶你去安全一點的地方看煙火好嗎？」

「為什麼？」小傑問：「難道煙火會放到這裡嗎？我們不能跟那些人說在這裡放煙火很危險，請他們住手嗎？」

建忠不發一語，不知該作何回應。

小傑說：「還是他們逼迫煙火，它們才欺負人？就像我們學校有一隻狗狗一直被其他學生欺負，所以牠好兇。只有我餵牠所以牠對我好，其實牠很善良，是其他人嚇到牠才害牠無法控制自己。」

建忠輕聲道：「也許你說得對，可是我們目前真的要趕快離開，爸爸希望你先暫時待在這，千萬別離開這個房間。爸爸去帶夜鷹哥哥出來，我們一起走。」

小傑純看著建忠，純真的大眼似乎有無限的疑問，建忠知道他不能久留，時間分秒必爭，他拍拍小傑的頭，拿起槍轉身離去。

「爸爸，陳強哥哥會跟我們一起走嗎？」

小傑的話讓建忠停下腳步，他回過頭，有些尷尬地說：「你怎麼忽然說起這個？我是說，陳強哥哥會自己想辦法。」

小傑說：「你可以不要丟下他嗎?雖然他看起來很兇，但他就跟那隻狗狗一樣，其實很寂寞，很善良但又愛逞強。我們會跟陳強哥哥一起走對吧?對嗎?」

建忠望著小傑不發一語，他欲言又止，原本打算說謊，但小傑那哀求的眼神讓他開不了口。

「拜託，爸爸請你不要放棄他。」小傑說：「他需要我們。」

「我很快回來，待著不要亂跑。」建忠輕輕地帶上門，但他沒有立刻走遠，遠處的槍聲接連不斷，他將額頭抵在門上，摀住自己的耳朵，放逐自己的無助與掙扎。

十一、搜索

順子把監獄翻遍了也找不到陳強，於是他轉而逼供陳強的小弟，希望能榨取他的下落。

「求求你饒了我！」瘦弱的囚犯滿臉是血，他蹲俯在地哭著求饒。

「當時有個瘋子在工廠掃射，大家都被人群衝散了，我最後看到強哥是他跟那個瘋子對峙，接著我就跑了，後來強哥怎麼了我真的不知道！」

一旁持槍的手下對順子說：「順哥，這已經是第五個一樣的供詞了，我想情報不假。」順子聽完立刻將手伸進他的胯下，用力握緊下體，痛得他大腿用力夾緊哀號著。

「我沒耳朵聽不到還要你來跟我說？我要的是陳強那小子的下落！」順子用尖銳的音調怒罵，手順勢使勁一扯，手下吐出最後一聲慘叫，以內八字跪坐在地劇烈地喘著氣。

真是令人不爽，順子暗自咒罵著，他原本渴望已久的甜美復仇，現在卻因為陳強的失蹤而落空，他已經厭倦了躲貓貓的遊戲。看著這些禁不住拷問而哭饒的人，順子驚訝自己居然會懷念起陳強的倔強，如果是那小子，面對再多的酷刑也絕不低頭，這份執著的情感讓他詫異，也讓他憤怒，甚至夾雜著些許的喜悅？他將跪在地上求饒的囚犯踹倒，轉身拔出手下掛在腰際的手槍，一槍貫穿那人的腦袋。

「繼續找！」順子命令道：「就算殺光了這所監獄的所有人，也要把那小子找出來！」

』

主控室裡，偽裝成囚犯的獄卒們正翹著二郎腿抽著菸，見到有人闖入立刻舉槍警戒，進門的兩個外來者身穿黑色的鎮暴裝，頭戴著深色面罩的鋼盔，完全看不到臉。其中一人似乎受傷了，另一人攙扶著他前進。

「別開槍，」左邊那人將頭罩取下，「我是阿凱！」

獄卒看到是阿凱驚訝道：「你他媽的怎麼在這？知不知道典獄長到處找你，躲哪涼快去了？」

阿凱的笑容有些僵硬：「沒……沒什麼，就我有東西忘了拿，先回勤務室。」

「擅自脫隊也不說一聲，你新來的嗎？」另一個獄卒好奇地打量他說：「你怎麼還穿著這身衣服，計畫提前開始了你沒換裝很危險的，等等！」他指著另外一人說：「這傢伙是誰？」

阿凱神色僵硬到了極點，他支支吾吾地解釋：「這個……這個他被王建打傷，所以我帶他來醫護室治療。」

「治療？」獄卒們察覺阿凱的神色詭異，警覺地握緊手中的槍，所有人採扇形的陣形將兩人包圍，一個獄卒說：「我們出發後根本沒有遇到王建，怎麼可能會有人被他打傷？還有，你臉上的傷怎麼來的？」

面對質問，那個看似受傷的人依然保持沉默。

「阿凱你讓開，」獄卒將槍指著另外一人威嚇道：「立刻跪下，脫下面罩，手放在我看得見的地方，快！」

阿凱遲遲不敢動彈，冷汗自額頭滑淌而下，臉上的傷口被汗水弄得隱隱作痛。在他背後，一把手槍抵著他的側腹，阿凱瞄了身旁那人一眼，那人隔著黑色的面罩看不到表情，但急遽升溫的氛圍讓他感受到槍口正顫抖著。

「你他媽的快點！」一個獄卒正要上前，眾人上方抽風口的蓋子猛然掉落砸在他身上，一根散彈槍的槍管從抽風口伸出，朝著下方連開數槍，同一時間脅持阿凱的人亮出槍加入混戰，原本看似受傷而遲緩的動作，忽然變得身手矯健，陳強的雙腳卡住抽風口的邊緣，手中的散彈槍發出巨大的衝擊聲，散狀式的橡膠子母彈形成強大的火力，眾獄卒措手不及紛紛倒在地上。

「強哥，你還好嗎？」黑熊掀起頭罩警戒四周，他將阿凱推到地上緊張地說：「敢亂來就別怪我不客氣！」

阿凱怒道：「推屁啊！我是還能做什麼！」

「撐不住啦，下面的讓開！」陳強大叫一聲，從抽風口上摔落在地：「我的腿，該死！」

黑熊立刻上前扶起他，發現陳強已經連站都無法站穩，他急忙問阿凱：「醫護室在哪？」

阿凱指著前方的一道門說：「進去裡面後直走就是，你們都到了是不是可以放了我？」

「不行！」黑熊一槍打在阿凱的腳邊，彈跳的火光嚇得他立刻跌坐在地。

「你休想離開，誰知道你會不會去通風報信？」

「把他綁起來。」陳強虛弱地對阿凱說：「你能保證會跟自己人會合？如果是鐵支那幫人看到你還穿著這身衣服，你覺得他們會將你當隊友？平常作威作福，你覺得有多少囚犯會站在你這邊？」

阿凱聽完臉色顯得更為蒼白，正當黑熊扶著陳強進醫護室時，陳強的無線電忽然響起浩子的聲音：「強哥你在嗎？」

「我在，你那邊遇到狀況了嗎？」陳強說。

「我沒事，只是我剛剛經過監獄主樓，老天，真是太可怕了，你千萬不能過去！」浩子的語氣非常慌張。「一堆囚犯拿著槍將其他囚犯慘忍的殺害，這裡根本是地獄，天啊，裡面還有我們的弟兄，我真的應該想辦法救他們！」

「不行！千萬不可以停下來，別忘了你的目的，我們能否反攻全靠你了！」陳強試著安撫浩子的情緒，但浩子還是焦慮地說：「可是我無法見死不救！」

陳強說：「你現在意氣用事犧牲自己才是對其他人見死不救，你繼續往前進吧，其他的交給我想辦法！」

「可是強哥！」

「快！」陳強說：「相信我，我會救他們的！」

經過幾秒鐘的沉默後，浩子才開口，情緒已稍微穩定：「我明白了，強哥你保重，我達成任務後再聯繫你。」

「萬事小心。」通話完畢後，陳強要黑熊攙扶他走到主控台前，他抬頭看著黑屏的監視器，又看著四周的電腦設備陷入沉思，忽然他眼睛一亮，轉頭問阿凱：「備用電源有連接所有舍房的門鎖嗎？」

「你……你想幹嘛？」阿凱問。

陳強說：「鳥被囚禁太久就會忘記天空的顏色，該是讓他們重溫自由的時刻了，既然典獄長想亂，我們就投其所好大幹一場！」

監獄的屠宰作業經過了幾十分鐘，各組都非常「順利」地進行著，倒是典獄長花了一點時間才攻克了男人的所在位置，他從沒低估男人的實力，因此攻堅時身旁帶的都是最得力的部下。

那些身穿西裝，一看就感覺是久坐辦公室的上班族，拿起槍就如同換了靈魂般，訓練有素且極端難纏。雙方在走廊駁火，從他們擅長運用地形地物的戰術看來，個個都是經驗老到的能手。典獄長犧牲了數人才將之全數擊斃。

擊斃，是因為活捉只會增加傷亡不得已的決定，即使人數相差懸殊，但男人的手下完全不考慮投降，戰至最後的那一人自知已無勝算便舉槍自盡，典獄長檢查他的屍體，發現自殺的那一槍便是他僅存最後一顆子彈，在戰場上趨於劣勢還能冷靜地戰鬥，並毫不猶豫地犧牲，這樣的人到底是怎麼訓練出來的？

典獄長發現男人的據點非常狹小，只是改建一間廢棄的倉庫，內部的電腦、資料都已損毀，而男人卻不見蹤影，典獄長氣得砸爛桌椅洩憤，心想莫非男人已經跑了？剛剛敵人頑強的抵抗難道是製造男人還在這的假象嗎？

「媽的！給我搜遍這棟大樓！」典獄長命令道：「這裡對外的出口已經全部封閉，他插翅難逃，翻遍這裡每一寸我也要把他找出來！」

「長、長官！」走廊的獄卒叫道：「你快過來看一下！」

典獄長探頭一望，赫然看見男人步履穩健，拖著重達八十公斤的鐵支從走廊的另一端靠近。

「長官，莫非鐵支被幹掉了？」獄卒的話讓典獄長的心裡接著浮現一堆疑問，鐵支是怎麼被幹掉的？如果男人可以大搖大擺地拖著鐵支的屍體逛大街，那代表監獄那邊的部隊全完了嗎？

「該死！」典獄長走上前，迅速舉起槍抵著男人的頭：「雖然我不知道你怎麼做到的，但無所謂，反正你現在要栽在我手裡了！」

男人將鐵支的屍體放下，冷眼望著他說：「看到你的同伴死去一點感覺也沒有嗎？」

「你殺了他倒剛好！」典獄長笑道：「反正我也打算事成後殺他滅口，一個監獄的暴動怎麼能沒有主使者？由監獄的老大引發暴動是最適合不過了，哈哈哈，他還跟我說他想要自由，想得美，低賤的囚犯就該棄屍在垃圾堆裡！」

男人用鼻子輕吐了一口氣：「人要衣裝，佛要金裝。」

典獄長用槍托刺擊男人的腹部，抓起他的頭髮用槍指著他的頭，勝利的喜悅寫滿臉上：「故弄玄虛，你那小把戲唬不了我！待會我打斷你的腿時，希望你還能這麼倔強哈哈哈！」就在典獄長得意洋洋時，一個堅硬的物體抵住他的後腦，槍機上膛的金屬滑動聲讓他彷彿遭到重擊般呆滯。

「我說過你忽略了真正的問題吧。」原本死去的鐵支居然站了起來，槍指著典獄長笑道：「人真的不能只瞻前不顧後啊。」

典獄長驚訝道：「你怎麼會？」

「為達目的不擇手段，單憑這點我們是挺相似的。」男人說：「但你能談條件，我當然也能。」

典獄長的墨鏡滑落鼻頭，張大的嘴巴像發癲般顫抖，鐵支露出猙獰地笑容說道：「你現在用力握緊槍，是乞求得勝的僥倖，或者是不肯接受現實的愚昧？協助你然後就會放我走？這種鬼話你以為我信？愚蠢！你的計畫跟小孩子打架一樣幼稚。」

「你早該明白為何你的上司怕我如見鬼一般。」男人說：「但我也沒看錯你，你那頭腦簡單，容易被激怒的性格反倒協助完成我的計畫，現在，我可以合理地肅清這棟監獄，以你叛亂的名義。」

「你這畜生！」一聲怒吼，典獄長旋即轉身，把槍指向鐵支打算背水一戰，同時他向部下大聲喝道：「開槍！不要顧慮我！」

或許典獄長快，但男人更快，在他扣下板機的剎那男人一個瞬步握緊槍管朝上，子彈擊發打穿日光燈，碎裂的日光燈碎片還未落地，男人急速地提起腳跟，朝他的脛骨使出一記短而有力的低踢，同時反摺握槍的手腕，典獄長大叫一聲單膝跪在地上，猛地抬頭男人已持槍指著自己的眉心。

眼看長官被擒，部下舉起槍正要朝男人及鐵支射擊時，無數的子彈從兩側的牆壁貫穿而出，將他們全數擊斃。典獄長看得目瞪口呆，鐵支發出狂笑：「看到了嗎？人家帶著真的傢伙來取命，你就如同玩家家酒，根本不在同個檔次嘛。」說完他對無線電呼叫道：「順子你在嗎？」

「老大！」順子回應道：「我還沒找到陳強那小子，怎麼了？」

鐵支說：「完事吧，動手。」

無線電先是一陣沉默，接著傳來順子招牌的奸笑聲：「遵命！」

「你……你要幹什麼？」典獄長問。

鐵支冷笑：「有人從來沒懷疑識別帶為何有兩種款式，就怪他自己蠢吧！哈哈哈……」

B區，一具具屍體被丟棄在走廊各處，有的還掛在欄杆上，擺成各種姿勢。

一名獄卒跟囚犯抱怨：「我以前對這裡關了五千多人這個數字沒什麼概念，現在終於體會到六千這個數字有多少，媽的！都清了多久還有一堆人。」

囚犯說：「現在知道我們有多苦了吧？像沙丁魚一樣擠在籠子裡真不是滋味。」

「哈哈哈，放心，」獄卒說道：「計畫成功後，典獄長說那批搶來的貨會分給我們，到時我們就發啦！」

忽然囚犯身上的無線電傳來訊息，那是順子的聲音：「白條紋注意，開始回收藍條紋。」

「那什麼意思？」獄卒問道。

囚犯笑道：「沒什麼啦，順子老大有時就是瘋瘋癲癲的。」

獄卒說：「你們的大尾也真夠變態，不是我在說。」他邊說邊轉身調整屍體的角度：「欸，你調整屍體的姿勢要自然一點，這樣最後讓他們握著武器時，才能營造逼真的暴動場景，你有在聽嗎？」

當他轉過身，發現一把槍對準自己，囚犯看著他手臂上的藍色識別帶冷冷地說：「關於姿勢，我想請你親自示範一遍吧。」

槍聲再度響起。

典獄長無助地跪著，無線電響起絕望的呼救聲。

「長官！囚犯叛變了！」

「我這裡有狀況……啊！」

「我這邊快撐不住了！」

夾雜在訊息裡的，是一連串的槍響以及錯愕的嚎叫，鐵支對臉色蒼白的典獄長說：「驚訝嗎？為了看你這個表情我可等的好久啊。」

「你們這幫混蛋！」典獄長怒罵。

男人的語氣充滿諷刺的意味：「彼此彼此。」

⚷

順子欣喜若狂，他從來沒有過這麼自由奔放的感覺，以前他自認個人品味極高，殺人這種髒活不配讓他動手。但現在想想誤會大了，原來親自奪走人的性命是這種感覺？優越感、成就感及自信一瞬間脹滿整個靈魂，美好的令人窒息。

他開槍射殺那些套上整條藍色識別帶的「假囚犯」，當時他分識別帶時，暗中將獄卒及囚犯分類為的就是這一刻。

「一個都別放過，哈哈哈！」順子領先隊伍在前方衝鋒著，像個跳梁的小丑。獄卒們紛紛措手不及，被殺的片甲不留。

亢奮的情緒讓順子的腦袋有些暈眩，他暗地責備自己不該再辦正事時吸毒，但他就是忍不住。在意識恍惚之際，他彷彿看到走廊瞬間湧現大量的囚犯，齜牙裂嘴地朝他撲過來，順子張大嘴狂笑著，向幻覺奔去，但一旁的手下忽然將他架住拖走。

「你們幹什麼？」順子掙扎地怒吼：「人家還在享受呢，閃一邊去！」

「順哥你瘋啦！再往前就死定了，你沒看到前面一大堆人嗎？」手下驚慌地說。

現在身後那些人並非幻覺？順子回頭一望，這才聽見了與幻覺的表情相匹配的怒吼聲。

「他們不是被關在舍房嗎，怎麼跑出來的？」順子等人邊退邊開槍迎擊，一些囚犯被撂倒，但其他人面目猙獰地緊追在後。

各區的舍房鐵門幾乎在同一時間發出金屬轉動的聲響，緊接著門自動解鎖，囚犯們一開始先是錯愕，但立即爭先恐後地逃出舍房，他們明白若不把握機會逃脫必死無疑，每個人的臉上都滿溢著憤怒，如同受困的野獸逮到空隙，向獵人反撲。

局勢驟轉直下，當典獄長的部下正被鐵支等人清算時，雙方面對如同潮水般湧出的囚犯幾乎是毫無招架之力。缺乏應變的狀況下場面急速失控，敵我不分的暴力事件在各處蔓延，囚犯們攻陷值班室及庫房，逐步占領整棟監獄，並在各處縱火。

聽聞囚犯失控的消息讓鐵支感到詫異，他將槍口對著典獄長，「我們直接殺了這傢伙離開這吧。」鐵支說。

「等等！拜託別殺我。」典獄長急忙哀求道：「我有辦法解決現在的狀況，我可以對外通訊呼叫救兵，請求軍警的協助。」

「你要殺了他，我沒意見。」男人說：「我對失敗者的下場沒興趣，但沒拿到東西我是不會走的，我要你拖延住暴動，幫我爭取時間。」

「東西？」鐵支說：「喂喂喂，當初的協議只是幫你倒戈，我可沒鎮壓暴動的義務，要去你自己去，老子要先閃了！」

男人彈了彈手指，幾個全副武裝的士兵從走廊兩側的門走出，男人對鐵支說：「這些人將會協助你，他們身經百戰，在無數的國家打過仗，會確保任務毫無差錯。」

「就這幾個人能做什麼？你他媽分明想害我。」鐵支怒道。

男人靜靜地看著鐵支，情緒絲毫沒有起伏：「如果你反悔，我將視同你毀約，自然你對我也沒用了。」士兵們戴著黑色面罩，單單站著就散發強烈的壓迫感，他們冷峻的視線蘊含著殺氣，這讓鐵支面有難色地說：「你玩我嗎？當初的協議不是這樣。」

「協議變了。」男人走到典獄長身邊，在耳邊輕聲地問道：「你有在王建的屍體上發現一個墜子嗎？」

典獄長對這突然的問題一臉茫然，他痛苦地按著被踢碎的小腿哀求著：「我們能談談，你可以不用殺我，那些貨你想拿多少都行。」

「他，隨你怎麼處置吧。」男人對鐵支說完便轉身離去，在他下樓時，走廊的盡頭傳來槍聲。

十二、犧牲

黑熊用止血帶在陳強的大腿綁上一個方形結，插入止血棒轉緊止住血流，當他用食鹽水清洗傷口時，熱辣的刺痛感讓陳強差點叫出來，他握緊病床邊緣的欄杆，一會兒後卻笑了。

「我真沒想到原來槍傷的處理是這麼痛。」

「這還不是最痛的。」黑熊用乾淨的棉花棒清除傷口上的污垢，每刮一下都陳強的眉頭擰得更緊。「傷口清創的重點是將壞死的組織切除避免感染，壞消息是我沒有找到麻醉藥，強哥你待會要忍住。」

陳強深吸一口氣露出苦笑：「就是不想讓我太輕鬆是嗎？」

黑熊遞給陳強一跟不鏽鋼壓舌板，陳強無奈地接過後放進嘴裡，黑熊拿起手術刀，切開傷口上壞死的組織，鋒利的刀鋒劃開皮膚的瞬間，陳強雙眼瞬間睜大，嘴裡咬的壓舌板被牙齒磨得咯咯作響，他扭動著身體，表情猙獰。

黑熊將壞死的組織取下後止血並包紮傷口。

陳強則滿頭大汗地癱在床上，他手腕的靜脈上插著注射管，另一端連結到點滴架上的血袋，他取出從王建身上拿來的墜子，看著出神。

「強哥，那個墜子怎麼來的啊？」黑熊好奇地問：「之前都沒看你拿出來過，見你一路上都緊緊抓著，是很重要的東西？」

陳強說：「說起來很複雜，但你說的對，這是我很重要的東西。」

「我看墜子的鍊子斷了，我去找找有沒有東西可讓你把墜子掛在腰上。」黑熊起身搜查牆邊的櫃子，陳強試著移動身體，發現大腿整個麻痺到毫無知覺，他開始為接下來的行動感到擔憂。

黑熊翻箱倒櫃一陣後，沮喪地說：「這裡似乎沒有，我去外面看一下。」他打開門，於此同時震撼的槍聲傳來，黑熊抱著腹部向後跌坐在地，陳強還來不及反應，五名武裝囚犯已衝進醫護室。

陳強抄起靠在床緣的散彈槍，瞬間擊倒三人，剩餘兩名囚犯立刻退回門後，陳強想繼續射擊，但卻發現子彈已經用盡，囚犯發現攻勢停止便全力朝他開火，陳強拖著麻痺的大腿翻落床下，子彈掠過他的頭頂射穿櫃子的玻璃，碎片灑落一地。

陳強趴在地上利用床當掩體，他透過床底的空隙看到黑熊緊按腹部渾身顫抖著，血不斷地從他的指間湧出。陳強明白再不急救他會失血過多而死，但手裡的散彈槍沒子彈了，敵方的火力又源源不絕。忽然一雙腳走向黑熊，那人用槍指著黑熊的頭，陳強心跳加速，大聲喝止道：「住手！」

「出來，小帥哥，不然我就轟掉他的腦袋！」

熟悉的聲音宛如震撼彈，陳強心頭一寒，此時黑熊跟他對上眼，兩人皆意會到來者何人。

「出來！」順子大吼。

陳強抓著床緣的欄杆吃力地撐起身體，順子大笑：「好久不見啦小帥哥，我找你找的好苦啊，有沒有想你的順子哥哥啊？」順子踏著歡愉的步伐來到陳強身邊，踹了陳強一腳踩在他胸口上「你不是拳腳功夫很厲害嗎？怎麼囂張不起來了，氣勢跑哪啦？」

「順子！你怎麼知道我在這？」陳強問。

順子舉起手臂，露出側腹上一大塊血漬，「人家受傷了，這裡可是整棟監獄裡唯一的醫護室，不來這去哪？」順子奸笑道：「但我想這就是緣分吧，老天爺讓我們再度相遇，在發生這麼多事後，你與我，就像是兩條平行線終於交會了。」

順子逐漸施壓踩踏的力道，陳強痛苦的表情讓他感到無比興奮，忽然他瞄到陳強腿上的傷，露出哀憐地表情說：「哎呀，你受傷了？真是可憐，讓順子叔叔秀秀。」順子用手指插進陳強的傷口中用力旋轉著。

「畜生！」陳強痛苦地哀嚎，他掙扎地扭動身體想甩開順子，但順子掐住他的脖子不肯讓他離開。

「利用控制室解開所有監獄的門鎖，還真會耍小聰明，但你以為用這種方法就能阻止我嗎？」順子怒道。

此時阿凱正巧走進醫護室，他看到被踩在地上的陳強得意地笑道：「沒料到吧 1444，這就是心軟不殺我的下場，你以為把我綁起來就沒事了嗎？你這乳臭未乾的小鬼居然敢揍我，順子，如同我剛跟你說的，這小子破壞了我們的計畫，快幹掉他別再囉嗦了！」

順子露出嫌惡的眼神瞪視著阿凱，不悅地說：「你什麼咖？憑什麼命令我？」

「這……」一旁的囚犯用槍指著阿凱，阿凱臉色頓時一片慘白：「什麼意思？我們不是一隊的嗎？」

「同一隊？喔——好像曾經有這麼一回事。」順子從容地舉起槍，「但我們早倒戈啦，你這白癡還在狀況外！」

不等阿凱開口，順子連發數槍將他擊倒，阿凱直到死前仍帶著錯愕的表情。

「好啦！這下子沒人可以妨礙我們了，小帥哥！」順子露出淫笑：「你這個小壞蛋，我一身傷都要算在你頭上，這次我不會讓你逃走了，你揍我的那一拳真令我難忘，到現在我呼吸還會痛呢，這份屈辱今天就要連本帶利還給你。你當時在工廠沒死不只是運氣好，而是只有我可以獨占你最後的時刻，其他人我絕、不、允、許！」順子緊咬下唇，眼神騷動著狂喜的雀躍，他將陳強拖到角落，將槍向後一扔並脫下褲子。

「你這他媽的變態，當初只揍你一拳真是太可惜了。」陳強吐了口血沫，翻過身趁機將手腕上的針頭拔起，偷偷握在手中。

順子用舌頭舔拭嘴角：「我就欣賞你嘴硬，待會我會努力讓你更爽。」

黑熊感到呼吸困難，每一次橫膈膜的收縮都讓他痛苦萬分，他了解自己的傷勢，依目前現況看來是沒救了。他看著剛剛被陳強擊倒的囚犯，他手上的槍離自己大概一公尺左右，如果他用盡全力應該可以拿到，趁他引開眾人的注意時就能給強哥製造機會。他看向陳強，意外的是陳強也看著他，黑熊立刻意會到他的眼神代表的含意。

「拜託，別做傻事！」

黑熊淡淡一笑，多麼簡單明瞭的訊息，但他無法眼睜睜看著陳強被雞姦，黑熊深吸一口氣，這是他最後一擊。

「啊啊啊——」黑熊發出怒吼撲身向前，雙手勾住槍柄，陳強趁順子分神的瞬間抓住一旁的點滴架，瞄準阿基里斯腱重重斬落，順子失去重心摔倒在地，陳強迅速地從後方絞住他的脖子，順子拼命扭動身體想掙脫束縛，陳強將藏在手中的針頭插進他的頸動脈，頃刻間大量的鮮血從針頭尾端湧出，陳強使勁吃奶的力氣鎖住順子以防他逃脫，兩人陷於血花中，染得一身紅艷。

黑熊好不容易握住了槍，但卻慢了敵人一步，子彈射穿他的大腿和肩膀，黑熊吃力地舉起槍撂倒一人，接著一發子彈貫穿他的胸口，腥熱的鮮血從嘴巴噴出。

「黑熊！」陳強怒吼著，黑熊一手撐住地面，眼神茫然地打轉，忽然黏稠的血漿伴隨著槍響從黑熊的後腦爆開，他跪坐在地，頭無力地低垂，撒手人寰。

槍殺黑熊的囚犯轉頭與陳強四目相交，兩人無語，彼此深刻感受到對方散發著強烈的殺意。

順子雙眼圓睜地握緊脖子，針筒流出的血量逐漸變少，身體也不再掙扎，陳強將他推到一旁，手撐著點滴架站起身。囚犯眼見陳強渾身是傷，手中連武器都沒有，不禁露出勝利的微笑，陳強瞪視著他，心知已到了最後的時刻，他用盡全力只能走到這一步，但他不後悔，至少建忠和夜鷹能逃離這裡。

「我不會白白犧牲。」陳強忍住痛楚邁開步伐，他沒有閉起眼睛，這一次他要直視死亡。

囚犯舉起槍，緊接著一聲槍響讓陳強的心跳乍然而止，但卻沒有感受到意料中的痛苦，反到是囚犯呆愣了幾秒後，兩眼翻白頹然倒下。陳強錯愕之際，一個熟悉的人影站在門口，手上的槍口還冒著白煙。

「站著等死，零分，教給你的都白費了。」夜鷹搖頭嘆氣道。

陳強不敢相信自己的眼睛「你……你怎麼會在這？」

「為了活命我現在不想解釋。」夜鷹對控制室喊道：「建忠！你他媽的在發什麼呆？快過來！」

「建忠也在！你們不是逃走了嗎？」陳強驚訝地問。

「等等我把門堵住，這樣可以擋上一些時間！」建忠的聲音從控制室傳來，夜鷹氣急敗壞地叫道：「你以為在堆積木啊？沒用的，手腳不快點我就要放棄你了。」

建忠氣喘吁吁地衝進醫護室，看到陳強大吃一驚：「天啊！陳強你怎麼了？滿身都是血，需不需要……」建忠還沒說完夜鷹大力地巴他的頭：「看他一臉傻樣就知道沒事，要相親相愛等會再說，我可不想跟你們死在這，快過來幫忙！」夜鷹俯身摸了一下床的結構，接著將床翻倒，陳強一頭霧水地問：「你們到底在幹嘛？」

「你也別閒著，去幫忙把屍體拖過來。」夜鷹對建忠說：「建忠，翻倒牆角的那張櫃子，拖過來跟床併攏。」

陳強問：「為什麼要拖屍體？」

夜鷹不理會他，粗魯地將地上的屍體拖到床上並層層疊起，當他正要拖走黑熊的屍體時，陳強連忙制止他：「別這麼粗暴地對待他，他叫黑熊，是我的人。」

夜鷹停頓半秒後，抱起黑熊的屍體輕放在床的後方，此時建忠氣喘吁吁地說：「櫃子都拖到定位了。」

「很好，所有人都利用床跟櫃子當掩護，頭跟四肢都不准露出來，直到爆炸結束才可以抬起頭。」

陳強問：「爆炸？」

夜鷹不做解釋，強硬地將陳強推倒，接著跟建忠迅速地俯臥在陳強身邊，陳強還搞不清楚狀況時，夜鷹將屍體蓋在他身上，陳強露出嫌惡的表情「你瘋啦！是有什麼癖好拿屍體當棉被？」

「二戰時納粹曾經做過實驗，以屍體做為肉盾可以有效抵擋小規模爆炸產生的衝擊波。」夜鷹壓低音量說道，一旁的建忠顫抖著摀住嘴巴，三人就這麼被壓在屍體堆底下。忽然空氣中傳來極其細微的震動，陳強仔細聆聽，發現那是腳步聲。

「三個，不，五個人嗎？」陳強小聲地問。

夜鷹說：「七個，來了！」

腳步聲停止在門前，過了幾秒鐘，幾個黑色的圓形物體被丟入房內。

陳強好奇地抬起頭想要看個仔細，夜鷹見狀怒罵：「白癡，趴下！」

M67手榴彈因為外型的緣故，被暱稱為「蘋果」，爆炸後由手榴彈外殼碎裂產生的彈片可以形成半徑十五公尺的攻擊範圍，有效致死範圍為半徑五公尺。

瞬間的閃光跟短促刺耳的聲響剝奪陳強的五感，強大的震波將他衝倒在地，意識恍如被抽離丟入真空中。夜鷹推開屍體拉起他，陳強看到夜鷹嘴型不斷開合，但卻什麼也聽不見，夜鷹嘆了口氣放下他獨自衝進揚起的塵土中。陳強趴在地上，一陣反胃讓他稀哩嘩啦吐了一地，他看著週遭一片狼藉的景象發愣。

「陳強，你振作點，聽得見我說話嗎？」建忠在他耳邊高聲疾呼：「待會四周都是敵人，你若不快清醒就完啦！」

陳強還點暈眩，聽力倒是稍微恢復一些，但意識仍然恍惚，他看著建忠久久無法吐出半句話。

建忠搖晃著他的肩膀說：「算我求你清醒點！我從來沒有跟人以命相搏，我很害怕會就這樣死在這，我知道我不應該回來，可是我做不到，怎麼辦？我真得很害怕啊！」

陳強搭著他的肩膀，虛弱地說：「你……你為什麼不逃？小傑呢？」

建忠高興地說：「你聽得見了？小傑在宿舍等我們，我們離開這裡後就去找他，到時我們一起出去！」

此時槍聲大作，建忠拉著陳強迅速臥倒，迷濛的塵霧中閃爍著接連不斷的火光，一會後槍聲逐漸變少，取而代之的是撞擊聲與慘叫聲。

兩人屏息以待，忽然一個全副武裝的士兵從塵霧中走出，建忠倒抽一口冷氣，士兵搖晃了幾步便倒在地上，夜鷹站在身後，手上的戰鬥短刀正滴著血。

「我的手感變差了。」夜鷹擦拭臉上的血珠，將刀子一扔，陳強注意到他的手臂上有幾道刀傷。「換上他們的衣服，我們偽裝成他們的樣子，待會要戰鬥就方便多了。」

「一人徒手殺了七個士兵，這叫退步？」陳強問。

夜鷹冷笑，走上前按住陳強腿上的傷，陳強痛苦地哀嚎，「你幹什麼？」

「包紮得不錯，緊急處理過了？」

陳強指著黑熊的屍體說：「他幫我治療過了，可惜我沒來得及救他。」

夜鷹撿起一條被炸爛的破布，輕輕地蓋在黑熊的屍體上：「這是最後能為他做的，接下來我要處理你的腿，我可不想帶個拖油瓶上路。」

夜鷹開始在士兵的屍體上摸索著，建忠緊張的來回踱步：「不管如何先逃出去再說。」建忠提議先回宿舍找小傑，然後再逃離這裡。

陳強問：「建忠，你還沒回答我，為什麼你不逃？你以為自己很行嗎？萬一你死了小傑不就成孤兒了，這樣很不負責任你知道嗎？」

氣氛頓時有些尷尬，建忠激動地說：「責任？我這樣逃走難道就是盡責嗎？我……。我知道我很弱，但我受夠了這樣的自己，你曾經救過我，要我看著你死我做不到，小傑也是，要犧牲一人救兩人，我如果照做就是智障！無論如何要走大家一起走！」

「你真他媽是個白癡！」陳強怒道：「而且蠢的無可救藥！」

夜鷹走上前，手中拿著一根注射器：「他的確很蠢，跟你相比不惶多讓。」說完將注射器插入陳強的胸口，陳強嚇了一跳，推開夜鷹問道「你給我打了什麼？啊……呃！」瞬間的心跳加速產生嚴重心悸，冷汗直流，陳強感覺頭脹到快炸裂開來，渾身躁動不安。

「腎上腺素，傭兵隨身都會攜帶的玩意。」夜鷹看著已注射完畢的針筒，感慨地說：「好東西，只是注射太多會讓你暴斃。要記住，這東西只是讓你感覺不到疼痛，但不代表你的傷好了，所以我建議你戰鬥時的動作別太大，尤其是少用你以前學過的格鬥技巧。」

陳強眼睛滿布血絲，猛抓著頭，近乎瘋狂地用拳頭擊打地面，直至拳骨滲血還不肯罷手。

「不過會有強烈亢奮的副作用，稍微習慣一下就沒事了。」夜鷹笑道。

陳強咆哮道：「我一定要宰了你！」

夜鷹按住他的頭重重地壓在地上，冷冷地說：「拿什麼宰了我？你從器械室偷來的橡膠子彈嗎？控制室裡被你撂倒的人，我一眼就看出來是被橡膠子彈擊倒的，拿這種東西最好殺得了人。沒有殺人的覺悟就想犧牲自己，裝酷也要有個限度！什麼叫允許你無畏死亡，什麼叫不能放棄弟兄，指揮官急著送死，底下的人就會全軍覆沒，既然大家都跟著你，你就給我苟延殘喘的活下去，真的時候到了，閻王自然不會留你。」

「我殺了順子，這是我第一次殺人。」淚珠在陳強的眼眶打轉，他哽咽地說：「可是，我還是救不了黑熊，我親眼看著他死，無論我如何努力總是差一步。」

夜鷹放開他，語重心長地說：「相信我，這還不是最慘的，別感情用事，目光放遠一點。」

陳強說：「所以我就該遺忘他們？如同垃圾一般被遺棄就是他們的下場，你就是這樣對待以往的同伴的？」

「不！當然不！」夜鷹嘆氣說道：「我記得每個在我懷裡嚥下最後一口氣的表情，我記得每個為我擋過子彈的弟兄，我甚至叫得出他們的所有兵籍號碼還有綽號。只是當我失去這麼多，我才發現太多的眷戀對他們是一種褻瀆，你現有的每一刻都是跟他們借來的，為此你必須拼命地活下去。」

陳強的眼前閃過一個倩影，那是午夜夢迴他亟欲追尋的鬼魂。他閉起眼睛，亞靖的笑臉越來越模糊，也越來越遠……

眼淚，奪眶而出。

「唯有這樣才是真正報答他們，為你犧牲是他們的選擇，那份踩著屍骨前進的沉重給我一肩挑起。」夜鷹說。

建忠拍拍陳強的肩膀說：「我們一起逃出去，團結才會有活路，現在最重要的是快點去宿舍接小傑。」

三人換上士兵的服裝，夜鷹將頭盔上的微型錄影機拔除，內心有些不安，戴著微型錄影機代表背後有人在監控著小組的行動，看來待會將會面臨更多戰鬥。

陳強蹲在黑熊的屍體旁，他從戰術腰帶上的組合包裡拿出墜子，對著黑熊說：「你看，我找到比繩子更好的東西，裝在裡面就不會掉了。黑熊，我連你真正的姓名都不知道，我只想說，我欠你一次，來世見到面記得讓我還給你。」

夜鷹看到陳強手中的墜子，好奇地問：「這墜子你從哪來的？」

陳強將發現墜子的經過告訴夜鷹，夜鷹接過墜子仔細端詳一會兒後，面色凝重地說：「絕對是的，我不會看錯，如果這是在王建的屍體上撿到的，那殺死他的一定是J。」

「J是誰？」

夜鷹說：「之前你調查到的那個男人，J是他任務時的代號，他效命私人軍事公司，是一個不折不扣的戰爭專家，這個斷了鍊子的墜子是他隨身攜帶的物品，他從不讓這東西離身。」

陳強打開墜子夾層，裡頭鑲著一張破損的舊照片，是一個面容和藹的女性似乎抱著什麼，其餘部分被撕掉了。

「這名女性叫張芳玲，是一個國文老師，她在生產時難產去世了。」

「你光看照片就能知道這麼多東西？」建忠驚訝地問。

「當然，」陳強說：「她是我母親……」

十三、計劃

陳光榮退去她的襯衫，用乾淨的濕毛巾擦拭身體的每一寸肌膚，動作溫柔而細膩，就像為剛雕刻完工的塑像拋光的師傅。她的肌膚白皙無暇，唯獨腹部多了一道縫補過的痕跡，陳光榮擱下毛巾，手指輕柔地撫過那條刀疤，他想起在秘魯出任務時的往事，部落的巫師會在每個已屆成年的男女腹部劃一道深刻的傷口，全程不用麻醉，忍耐長久的痛苦後才將其縫合。

他們相信苦難的試煉能精粹靈魂，成就更完整的人生，而死後那道疤痕也是靈魂通往天堂的路口。

陳光榮眼神木然，他緊握那雙冰冷的手，第一次，他願意相信天堂的存在，躺在床上的她表情是這麼平靜，如果她不去天堂，那這世上將再無信仰。

「再見……」

他做了每一位伴侶面臨愛人去世時都會做的事：親吻對方的額頭，冷冽的觸感如同冰錐，將心徹底鑿空。

深夜，他返回醫院尋找奪走妻子的兇手，在輕易躲過保全設備，破壞門鎖後進入嬰兒室，他不費吹灰之力就找到裝載兇手的嬰兒車。

他永遠忘不了兇手出生時，醫院給他的編號「1444」，如同上帝的玩笑，這數字就像在嘲笑他的命運。站在嬰兒車前，那嬌小、透著粉紅的身體是如此脆弱，只要心動一念，輕而易舉就能掐死他。

陳光榮伸出手，指尖離那嬌小的臉龐僅有幾吋距離，只要半秒他就能為妻子報仇。

他殺過很多人。但他並非以此為樂，這是他唯一擅長的工作，他也曾經在法治的社會下尋求庇蔭，但最後仍然是夾著尾巴回到戰場，煙硝味才是生活的調味劑，肉體的疼痛才是活著最好的證明。

他曾偶然遇見人生的光，但那光就像彗星，在黑空中一閃即逝，他勾不著只能望著那道劃過人生的光軌，無助地讓淚水反覆在臉頰上風乾。

「長官！」士兵手上拿著一個展開的皮箱，裏頭鑲著一台電腦，「這是稍早第五小隊的頭戴錄影畫面，比對該小隊的各個攝像紀錄，估計第五小隊全軍覆沒。」

螢幕上顯示著七個第一人稱鏡頭，在滿佈塵土的空間當中士兵們以強大的火力掃蕩四周。但不久後一道黑影竄入，鏡頭激烈地搖晃根本無法辨識動作，只有此起彼落的慘叫聲，各個鏡頭開始傾斜倒落在地，動也不動。

陳光榮按下暫停鍵，畫面上有一張模糊的人臉，他正拿著刀子朝鏡頭刺過來，陳光榮問士兵：

「有錄下他們接下來的行動位置嗎？」

「有。」士兵快轉影片，按下播放鍵後傳出建忠的聲音，「最重要的是趕快去宿舍接小傑！」

「所有小隊出發前往宿舍。」

「長官，鐵支在監獄遭到頑強的抵抗，第四小隊回報說可能無法支持太久，我們該支援嗎？」

陳光榮搖頭說：「通知第四小隊繼續堅持下去，必要時引爆炸彈，還有，別讓鐵支跑了，如果他逃走就提前處裡掉。」

⚷

三人盡可能隱匿行動，閃避著暴動的囚犯前往宿舍。

「所以計劃是什麼？」建忠小聲問：「我們就算打扮成這樣，也很快就被發現了吧？」

陳強知道建忠說得沒錯，三人就算偽裝成士兵，在不知道士兵們彼此聯繫的暗號下，一定立刻露出馬腳。夜鷹說：「我想他們早已經發現了吧。」

建忠嚇了一跳：「怎麼說？」

夜鷹說：「他們的頭盔上都有微型攝影機，代表有指揮層級的人正監控著他們的行動，我們所做的一切應該都被記錄下來了。」接著夜鷹拿出身上的無線電：「經過激烈的戰鬥，無線電都沒傳來要小隊回報戰況的訊息，就是最好的證明。」

「那怎麼辦？」建忠緊張地抓住夜鷹：「這樣他們不是知道我們要去接小傑了嗎？然後我們一到就被埋伏，你想害死我們啊？」

陳強按住建忠的肩膀說：「你冷靜點，太大聲會被發現的！」

此時一群暴動的囚犯經過走廊，眾人躲進一旁的門內，等到囚犯經過後才探出頭。

「當初想破壞典獄長的計畫，放所有囚犯出來真是失策，搞到自己了。」陳強苦笑道。

夜鷹對建忠說：「下次再這樣大呼小叫我就立刻打昏你，就算他們知道又怎樣？現在幾千名囚犯在這橫衝直撞，你以為他們衝進宿舍需要多久時間？小傑被找到是遲早的事，到時你最好保佑囚犯會遵守兒少法。」

建忠擔憂地說「那怎麼辦？」

陳強說：「莫非你故意讓他們知道我們的目的地？」

「聽好了，J要找的一定是老張的解密資料，在沒拿到前他不至於殺了我們，小傑頂多被拿來當作談判的籌碼，但總好過落入一堆重刑犯手裡。」夜鷹說：「這樣我們也能有一方勢力可以牽制暴動的囚犯。」

「那你要如何救小傑？」陳強問。

夜鷹沉思一會後說：「那就要看你那邊有多快了。」

控制室的爆炸炸毀了陳強跟浩子通訊用的無線電，這下子連浩子到底是否成功也不知道，陳強擔憂地皺著眉頭：「我有留下暗號，浩子他們如果到控制室沒發現我，應該會趕過來，可是我不確定……」

「別心浮氣躁。」夜鷹說：「計畫本來就有變動，因應情況做調整才能致勝，我擔心的，是另一件事。」

陳強說：「什麼事？」

「如果J真的是你父親，那你……」

「他不會是我父親！」陳強有些惱怒：「我的父親是普通的公務員，他跟什麼邪惡的PMC還有政府的陰謀沒有關係！這其中一定有什麼誤會，他只是……只是一個很不關心兒子的男人。」

夜鷹聳聳肩：「事實擺在眼前，我只要你做好準備。」

陳強低下頭，三人繼續前進，夜鷹忽然閃過了一個疑問，那個J，有孩子嗎？

暴動幾乎蔓延整棟監獄，大火持續蔓延，並未因雨勢而緩解。囚犯闖入器械室搶奪所有可用的武器，這讓鐵支的鎮壓變得更為困難。

「鐵支我操你的，給我出來！」憤怒的囚犯持鎮暴槍掃射，怒吼著：「滾出來！我要宰了你，狗娘養的！」

鐵支利用柱子當掩護，並趁機還擊：「別怨我，如果是你也會這麼做的！」

眼看聚集的囚犯越來越多，鐵支身邊的士兵丟出手榴彈，震撼的衝波短暫地壓制場面，未被炸死的傷者倒在地上哀號，其餘受驚嚇的囚犯則四處逃竄。

鐵支抓著士兵說：「我們快撐不住了，他們什麼時候會來救我們？」

士兵甩開他的手，開始射殺逃竄的囚犯們。

「媽的！至少趕快撤離，然後把這地方炸了吧！」鐵支對士兵漠視他的存在感到不爽，雖然他們真如同男人所說，各個都是精銳部隊，但面對幾千名囚犯的圍攻，被人海殲滅也是遲早的事情，面對不利的局勢居然還不肯撤退，讓鐵支預想到了最壞的局面。

「混帳！想犧牲我？果然公家機關的都是同一窩的狗！」鐵支在心中怒罵，他趁場面混亂時偷偷躲到一名士兵身邊，士兵見狀命令道：「繼續前進！」

鐵支一臉痛苦地說：「我受傷了，有沒有急救包可以給我？」他緊抓著士兵，下半身癱軟哀求道，士兵想將他推開，但鐵支趁機使出一記頭槌，補上一拳將他推倒。其他士兵見狀紛紛將槍口指向他，鐵支立刻丟出一根細長的金屬條後迅速臥倒：「你忘了東西。」

士兵赫然發現那金屬條是手榴彈的插銷，被推開的士兵下意識地握住掛在胸前的手榴彈，接著胸口發出一聲巨響，猛烈的爆炸後，鐵支從黑煙瀰漫中爬起，他驚訝地發現有些士兵居然沒被炸死，他在一名尚存一息的士兵身旁蹲下：「不愧是精銳，那樣緊急的情況下還可以躲開，讓我開了眼界。」

鐵支冷笑著將士兵的戰術背包翻開，拿出一個遙控裝置說：「別怨我，這就是生存，我不只會用盡一切方式活下去，也要以眼還眼，任何人都無法阻止我。」舉起槍，朝士兵的眉心扣下板機。

「好，計畫是什麼？」陳強問夜鷹，後者則仔細觀望著，建忠探頭看了看宿舍，宿舍在傾盆的雨中出奇地安靜，暴動似乎沒有染指這裡。

建忠說：「我想他們應該還沒到，先救小傑要緊。」建忠才剛要跨出去，立刻被夜鷹拉回來。「你先壓抑一下滿滿的父愛別急著送死，看到地面那些囚犯的屍體了嗎？」夜鷹說：「代表有人試圖闖進這裡，但估計J早先一步。」

陳強說：「現在呢？衝進去？」

「衝進去會被射成蜂窩吧，敵人一定準備萬全在等我們。」夜鷹笑道：「糟糕，他們藏的可真好，看來一個不小心會有麻煩。」

建忠問：「但你有計畫對吧？不然我們都到這了，莫非要放棄嗎？」

夜鷹拿出無線電對對兩人說：「說放棄還太早，J一定會以小傑的命要脅我們投降，但這反倒是個好機會，因為你們沒受過軍事訓練，要正面迎戰身經百戰的傭兵是絕不可能的。」夜鷹從腰際上取下外觀為圓柱體形狀的手榴彈，且外觀有著好幾個簍空的洞，可以看見裡面包覆著類似不銹鋼材質的棒狀物，「我只說一次，這個計畫關鍵點在陳強。」

「我？」陳強有些驚訝地指著自己。

夜鷹說：「你打過棒球嗎？」

小傑聽見囚犯們闖入宿舍的聲音，害怕地躲進衣櫃裡，一陣槍響後，四周陷入詭異的寧靜。不久後急促的腳步聲逐漸靠近，破門而入的聲響嚇得他摀住嘴巴，渾身顫抖。

一群身穿黑衣的士兵將小傑從衣櫃裡拖出來甩在地上，他嚇得一直哭，恐懼讓他呼吸不到空氣，脹紅著臉手掐緊喉嚨倒在地上掙扎，意識模糊間，一隻強勁的手臂將他扶起，壓住他胸部上方，「吸氣時肚子挺起來！」陳光榮說：「吐氣時縮起肚子，吐氣的時間長一點。」

小傑照做，呼吸五、六次後情況大幅改善，陳光榮說：「別緊張，我不會對你怎麼樣。」他將小傑安置在床上，轉身對士兵說：「別對他太粗魯，回報目前狀況。」

士兵說：「A點四周沒見到任何動靜，需要派小隊搜索嗎？」

「不，我了解K，他一定躲在暗處。」陳光榮看了小傑一眼，那眼神讓小傑不寒而慄。

「大隊長，讓我們恭迎客人上門。」

驟雨讓等待的過程更為惱人，建忠仔細觀望著宿舍各處，有時會將透著雨勢的幢幢黑影看成是小孩子的身影，他焦慮地數度想衝進宿舍。夜鷹閉起雙眼緩和心緒，這不是他遇過最危急的狀況，但內心深處仍然有些躁動。

線電傳來的低沉嗓音打破僵持的寂靜：「給你們二十秒解除武裝走出來。」

「這聲音不像J啊。」夜鷹笑道：「我不記得你這麼害羞，為何不直接出面要找人代為傳話？」

「十秒。」

夜鷹對建忠說：「一點玩笑也開不起，走吧，按照計畫進行。」

建忠憂慮地看著夜鷹，夜鷹狠巴他的頭說：「走！去救你兒子。」

兩人將槍丟在宿舍前的空地上，一進大廳就被埋伏的士兵強壓在地，雙手反扣，大拇指被綁上束帶，士兵將兩人套上黑頭套強行拖走。

「還有一個人呢？」頭套被取下後，士兵拔出手槍抵著夜鷹的頭：「敢耍花樣，我就先殺了那小鬼！」

「我說他死了你信嗎？」夜鷹先是一笑隨即怒道：「你以為我會沒有準備就過來嗎？叫J出來！敢耍花樣你什麼也得不到，要死就一起同歸於盡！」

建忠臉色鐵青地觀察四周，他發現自己身在一處房間，從被押走到取下頭套的時間看來，目前位置在三樓，他倆面向房門，四名士兵正痛扁著夜鷹，但即使被打到滿臉是血，夜鷹卻連吭也不吭一聲。

士兵走上前，將無線電放在夜鷹面前。

「這是你的第二次機會。」無線電傳來陳光榮的聲音「給我資料，我會……」

「會怎樣？放過我嗎？天啊，你就是知道怎麼逗我笑。」夜鷹說：「想要老張的東西，你得親自來見我。」

「就算你不給，我還是有辦法。現在監獄連隻鳥都飛不出去，抓到你的同伴是遲早的事。」

夜鷹說：「現在帶著小傑來到我面前，不然你永遠也拿不到你要的東西。」

「……我不會說第二遍。」

「給我小傑，我順帶附贈一個墜子給你。」夜鷹語氣輕鬆，但眼神卻十分專注，一旁的建忠緊張地雙手直冒汗。

「什麼墜子？」

夜鷹說：「我撿到一個墜子，雖然斷了鍊條，但外觀保養的還不錯。」

「我沒興趣，不把東西交出來就去死吧。」士兵將槍口抵著兩人的頭，建忠閉起眼睛渾身顫抖，夜鷹警戒地瞪著士兵。

「你說的沒錯，那墜子裡面還有張女人的照片，這種二手貨鐵定沒什麼價值，或許我應該丟了它。」夜鷹說。

無線電的另一端陷入沉默，幾十秒過去後，士兵疑惑地問道：「我準備就緒，隨時可以動手。長官？」

夜鷹對建忠眨眨眼，後者則滿臉錯愕。

房門打開，小傑看見建忠瞬間無法抑制潰堤的淚水，嚎啕大哭：「爸爸！」

「小傑，你沒事……嗚咳！」建忠激動地想衝上前，但被士兵重擊腹部倒在地上。

陳光榮緊抓著小傑，他冰冷的目光瞪著夜鷹，夜鷹回報以詭異地笑容說：「你終於肯現身了。」夜鷹說：「所以……你是為了墜子還是資料？」

「東西呢？」陳光榮的語氣顯露著惱怒。

夜鷹不理會他的質問，低頭對小傑高聲疾呼：「小傑別怕！這裡不過是二樓，夜鷹叔叔待會帶你跳出去！」

「你耍什麼花樣？」陳光榮快要失去耐心，他的理智告訴他絕不可在談判中妥協，夜鷹的話也許只是某種策略，可能根本沒有什麼墜子，是一種引誘的手段，但他還是抵不過內心燃起的希望。不能在任務中保持冷靜令他感到羞恥，伴隨而來的是極致的殺意。

他決定先奪走夜鷹的雙眼，正當他舉起手時，發現掛在夜鷹身上的無線電閃著綠燈，這代表一直保持通話中的狀態，忽然一聲驚天巨響分散了他的注意力，所有人都感受到整棟建築物的晃動。

「怎麼了？」士兵們衝出門外一探究竟，陳光榮正想阻止，忽然一顆手榴彈落至腳邊。

夜鷹使勁撞開陳光榮，用肩膀將小傑推向建忠，「小傑，閉上眼摀住耳朵！」

建忠撲向前用身體護住小傑，此時手榴彈瞬間爆出一陣亮如白晝的閃光及震耳欲聾的聲響！

十四、父子

十五分鐘前

「這叫M84，俗稱震撼彈，一般用來捕捉、救援人質使用，它會發出高分貝的聲響還有強烈閃光，但不會傷人，只是讓敵人暫時喪失行動能力。」夜鷹將那造型奇特的手榴彈遞給陳強。

「拿著，這場雨勢可以當你的掩護，但還是小心別被發現了。記得脫下防彈衣，輕裝較不會妨礙移動，無線電開著等待我的號令。」

陳強問：「時機是什麼時候？」

夜鷹說：「當我讓J帶著小傑來到我面前的時候。」夜鷹指著陳強身上的無線電說：「到時我會讓你知道我們在哪，你要投得準，盡量為我們爭取機會。」

「等一下，等一下！」建忠焦慮地說：「小傑有換氣過度的症狀，震撼彈會讓他發作的。」

陳強說：「就算他真的帶小傑出現，萬一你們被抓到頂樓，我怎麼可能將震撼彈投得那麼高？」

「隨機應變。」夜鷹的話讓陳強皺起眉頭，他拍拍陳強的肩膀：「我不會安慰你這一切有多容易，事實是敵人太強大，要想擊破他們就只能深入虎穴，就算我不能殺了他，也能盡量拖延，爭取支援趕來的時間。」

陳強的眼神猶豫不決：「可是，萬一他是……」

「你曾經看見過真正的邪惡嗎？」夜鷹的話讓陳強錯愕，夜鷹繼續說：「不是那種在學校欺負你的惡霸，這些人做惡都有各自的目地，我說的是付諸邪惡卻毫無知覺的人。」

夜鷹閉起眼睛，沉思一段時間後才開口：「他們做惡不是基於利益，也沒有特別的仇恨，單純只是服從命令。邪惡的平庸，才是無法言喻又難以理解的惡，想像一下，這樣的心靈裝在一個殺人機器裡，就是我們現在面對的敵人。」

「可是……」

「我會教你這些武器的特性還有使用方式，建忠，當我攻擊時，你要盡全力照顧好小傑。陳強，你完成任務後就別輕舉妄動，找地方躲藏後聯繫浩子支援。遇到敵人別手軟，這些傭兵可不是吃素的。」

斗大的雨點打在身上，陳強在泥濘的地上匍匐前進，他將全身都沾滿泥巴好增加隱蔽效果，不時瞄著手中緊握的震撼彈，他自從高中後就再沒打過棒球，但對於投擲的精準度還挺有自信的，令他心煩的是夜鷹的話。

陳強並非什麼測謊專家，但他就是感覺不對勁，夜鷹這麼篤定不像只是單純地「調查」過，而是建立在某種程度上的了解，但這份了解卻隱含著怪異的氛圍。但他也不認為這個J是他的父親，有記憶以來父親就如冰霜般冷漠，幾乎從沒回過家，從小他被親戚拉拔長大，鮮少跟父親說話。

有一天親戚告訴他你的名字「強」，是來自你父親的英文名字 Johnny 的中譯，雖然你父親公務很忙，但如果他討厭你，就絕不會用自己的名字為你命名。」

這句話陪伴陳強度過沒有母親的漫漫童年。迷惘的少年時代他也曾羨慕同學能有一同成長的父親，是憑藉這句話他才意識到自己並不孤單，無論父親再怎麼冷漠，冥冥中總有連結彼此的羈絆，使他方能捏塑成長的塑像。

沒錯，他的父親可能冷默且不擅與人溝通，但絕不是什麼狂人。

但是，Johnny……J！

他吐了一口氣，舔了舔嘴角的雨水，將可怕的聯想拋諸腦後，雨聲讓聽力範圍受限，陳強告訴自己千萬不能遺漏夜鷹的暗號，他狼狽地靠近宿舍前的中央廣場，他的想法是以宿舍中央為基點，這樣無論夜鷹被帶到哪，他都能在最短的時間內反應。

但太靠近又會曝露在宿舍的照明設備下，當他爬過時一樓的茶水間時，忽然餘光瞄到暗處有黑影在動，他嚇得動也不動。過了一會兒才看清那是一群士兵，頭戴的夜視鏡在黑暗中發出極其微弱的光點，他們來回張望如同黑暗中的怪物。

陳強將前進的速度放到最慢，如同蝸牛般，每動一步內心便不斷咒罵著。他慢慢地將無線電貼在耳邊，但只聽見波長不一的雜訊，陳強輕輕敲打著無線電：「媽的！這時候出問題！」他調整無線電上的按鈕，忽然無線電發出高分貝的訊息：「這裡不過是二樓，夜鷹叔叔待會帶你跳出去！」

「誰在那裏？」

陳強猛地抽了一口氣，士兵三人一組舉起槍迅速地靠近，陳強知道就算他像死人一樣不動在夜視鏡下仍會無所遁形，心一橫咬緊牙根，將手中的震撼彈甩了出去。

「這是……啊啊啊——」

震撼彈發出巨大的閃光還有巨響，士兵們跪地抱頭哀號。陳強起身狂奔，他取下另一顆震撼彈，瞬間周遭槍聲大作，無數子彈掠過身旁，他衝刺幾十碼後拉開插銷，「拜託趕上啊！」手臂的肌肉因急遽收縮而疼痛，震撼彈在雨中劃出一道完美的拋物線，他因用力過猛摔倒在地，滾了幾圈。

陳光榮站穩腳步，他瞄見震撼彈立刻閉上眼躲過爆炸時的閃光，但驚天的巨響衝擊他的內耳，瞬間重心不穩向後傾倒。他腰馬一沉雙手微抬，手肘下甩與腳尖同時發力，四股肌與背擴肌急遽收縮穩住後傾的態勢。

強烈的耳鳴讓陳光榮感到暈眩，他維持著馬步的姿勢，調整內息靜待身體回復最佳狀態。

夜鷹知道機不可失，鎖定身旁陷入混亂的士兵，拔出他腰上的戰鬥短刀，貼著他的背將他擠向陳光榮。陳光榮閉著眼，指尖碰觸到士兵身體的瞬間雙膝內夾，足掌緊貼地面向45度角劃一個半圓，陳光榮雙肘內縮夾緊肋骨，當士兵擦過身邊時，他迅速地以手刀切斷動脈。

夜鷹趁士兵倒下，轉身反手握刀砍向陳光榮的脖子，刀子完美地劃出一道弧線，就在斬擊輕輕擦過陳光榮的衣角時，陳光榮迅速地反扣夜鷹的手腕，刀尖離脖子只有分毫之距。

「嘖。」夜鷹鬆手讓刀子掉落，換手接刀朝胸口刺去，陳光榮側身閃避，銳利的刀鋒挑落他襯衫的鈕扣，夜鷹眼見突刺失手，遂翻轉刀面砍向腹部，陳光榮抬腳膝撞同時與手肘夾擊夜鷹持刀的手腕。

「匡噹」

短刀掉落在地，夜鷹咬著牙，起腳踹向陳光榮的下體，這一腳迫使他鬆手，夜鷹向後翻滾一圈後，撿起地上的步槍指向他。

「讓肩膀假性脫臼解開反綁的雙手，你還真是老樣子，喜歡用極端的方式解決問題。」陳光榮睜開眼睛對夜鷹冷笑：「招式就算陰險致命，但終歸只是小聰明。」

夜鷹揉捏著手腕冷笑：「能獲勝的就是好技巧，但說我是小聰明，你的『聽勁』才是吧？」

「夜鷹！」建忠大叫：「小傑他……我、我沒有辦法讓他穩定下來！」只見小傑呼吸急促，意識逐漸模糊，建忠跪在地上用肩膀推著小傑：「小傑，快點做腹式呼吸，聽爸爸的話盡量吐氣，快啊！」

汗水從夜鷹的眼角滑落，臉上的笑容逐漸僵硬，陳光榮說：「你要小傑我給你，你要我我來了，東西呢？」

夜鷹沉默不語，屋外傳來爆炸聲與駁火的槍聲，房內的窗外透著火光閃爍，夜鷹說：「你的兒子正在與傭兵戰鬥，他撐不了多久的。」

「我知道。」火光在陳光榮的臉上閃動著不安的影子，「我不會讓他那麼快死，他的時候還沒到。」

夜鷹說：「沒想到你冷血的程度遠超乎我想像，當初在海灣港時，我真應該在你殺了那個女孩前就幹掉妳。」

「可是你沒有，你背叛了公司，背叛了你的國家，你的軟弱造就了現在的困境。」

「他是你兒子啊，媽的！」夜鷹怒道：「你以為他認不出照片中的那女人是他母親？」

陳光榮的眼神依舊冰冷，他面無表情地說：「最後的機會，我要的東西呢？」

夜鷹知道不能給陳光榮任何反擊的機會，果斷地扣下板機。

槍響同時窗戶爆裂，倒下的卻是夜鷹！

血從左肩上的彈孔湧出浸透了上衣，夜鷹的左手臂無力地垂下，他暗地咒罵自己居然會如此大意。從窗外望去，在黑暗中能隱約看見搖曳的樹影上，閃動著槍身金屬反射的光影。

「雙重警戒是最基本的戰術運用，監獄的生活弱化了你的思維，你不再是以前的K了。」陳光榮從腰間取出手槍：「你只是個囚犯，跟在臭水溝打滾的溝鼠沒有區別，追逐著妄想與國家對抗的幻影，終究也只能葬身海市蜃樓當中。」

陳光榮朝建忠開了一槍，子彈貫穿他的背部，小傑嚇了一跳，恐懼讓他的呼吸更加困難，他脹紅著臉用力喘著氣，建忠頹然倒在地上，小傑流著淚顫抖地抓住建忠。

「住手！有種衝著我來，他們是無辜的！」夜鷹怒道。

陳光榮說：「無關無辜，這只是工作。就算你把資料給陳強，我這裡有幾十名士兵，要抓住他只是時間上的問題。」說完陳光榮開槍射穿建忠的腳，建忠發出尖銳的哀號聲，但他隨即咬緊牙根，故作微笑地對小傑說：「爸爸沒事！你不用擔心，我一定會帶你出去的。」

「可是……爸爸……血……」小傑劇烈地喘息，建忠輕拍他的頭，露出自信的微笑：「不要緊張，調整呼吸，我沒事的！」

陳光榮舉起槍指著建忠的頭，看著夜鷹憤怒的表情說：「你我曾經是隊友，也是我的部下。我們都不是普通人，理當不應有不切實際的幻想，但你卻為了一個可笑的信念背叛公司。」

「閉嘴！你懂什麼？」夜鷹怒道：「那不是可笑的信念！絕對不是……」他低下頭，閉上眼就能看到一張永遠刻印在他心中的面孔，像詛咒一樣，在夜鷹的夢裡，小女孩的臉總是會變成他的女兒，滿臉是血的在哭泣。

他常從睡夢中驚醒，或者早上醒來發現臉頰留有乾涸的淚痕，日復一日，直到他認清自己混雜在一攤汙濁的泥沼裡，人生血淋淋的，無法脫身。

「我曾經怪罪這世界，為什麼要奪走我的天使？她沒有罪，卻被疾病折磨至死。我不明白為什麼是她被帶走，這不應該……」夜鷹說：「直到我在海灣港看到了她，發現她跟玲玲好像，一樣的幼小，那麼脆弱。公司告訴我們海灣港被叛軍占領，我們在上岸前偷偷看著家書和照片，希望能在槍林彈雨中活下來，結果我們只是一群屠夫，連像玲玲那麼小的孩子也不放過，他們是平民啊！你瞎了嗎！」

陳光榮說：「你是公司的資產，在進入公司時就應該明白會面臨什麼樣的風險，退縮只是證明你是被情感影響的懦夫，有什麼資格批判公司的立場？」

「我不是個好士兵，但我分辨得出對錯，沒有人有任何理由能殺害平民，就算是國家也不能！」夜鷹說：「如果我抱怨世界奪走我的天使，那我奪走那些無辜的生命又算什麼？」夜鷹壓低身子衝上前，並翻轉步槍的槍身護住頭部的大半面積。陳光榮連開數槍，子彈擦過夜鷹的肩膀，其中兩發卡在槍身上。

「愚蠢至極！」陳光榮扣緊前腳踢出，如同放開縮緊至極限的彈簧，氣勢剛猛，踢飛夜鷹手中的步槍，但夜鷹不知何時已撿起地上的短刀，他迅速地變換正反手持刀，挑、刺、砍等技巧組合成無窮變幻的光流。

陳光榮氣吐萬千，閉氣之時全身肌肉瞬間緬緊，手刀如同狙擊槍般射出。

夜鷹歪頭閃避，一陣尖銳的鳴響自耳邊呼嘯而過，瞬間耳朵被削掉半截，夜鷹不顧血流如注，一腳靠近陳光榮胸前，「刷刷」兩刀削過他的腳筋，並變換反手持刀刺入膝蓋內側。

陳光榮發出一聲低吼，掐住夜鷹的脖子想將他甩開，但夜鷹死命地握住刀，陳光榮越是猛力拉扯，刀子的切口就更加擴大。

「沒……沒想到你的肉體居然鍛鍊至如此地步，連續兩刀仍無法完全切斷你的腳筋！」夜鷹將刀子刺得更深，他獰笑道：「但我還是廢了你一隻腳。」

陳光榮臉色鐵青，露出罕見的怒氣：「找死！」他瞬間施加手指的力道，夜鷹的臉脹得通紅，但依舊不肯鬆開持刀的手。「我會留你一口氣，在你眼前親手殺死小傑和建忠，就跟當年你目睹家人死去一樣。」陳光榮怒道。

缺氧讓夜鷹的視野逐漸模糊，四肢麻痺，五秒鐘內吸不到空氣就會腦死，但他仍瞪著陳光榮，死命握緊手中的刀。

「……爸，住手。」

陳光榮先是一愣，發現陳強的聲音來自夜鷹身上的無線電。沉默一會兒後，陳光榮說：「投降，把東西交給我。」

「你先放過他們三人。」

陳光榮說：「我給你五分鐘，你不交出來，就等著聽他們臨死前的哀嚎。」

「那我給你三分鐘，你不放過他們我的人就衝進去，到時大家一起同歸於盡。」

「虛張聲勢。」

「不見得。」

無線電的通訊剛斷，窗外忽然槍聲大作，閃爍的火光照亮天空，宿舍的樓層發生多起爆炸，此時無線耳機傳來通報。

「長官！有大批的武裝囚犯從東北方湧出，估計有百來人左右，他們逐步包圍宿舍，各小隊正與敵方交戰中。」

陳光榮對無線電說：「單憑這群烏合之眾想同歸於盡？你知道我的人都是些什麼角色嗎？」

「我當然知道，但你又知道我們是誰？你又對我了解多少？」

陳光榮猶豫了幾秒，接著說：「我從不跟弱者談判。」

「你說的沒錯，我們是弱者，但也是一群為生存願意附出一切代價的人。」

陳光榮怒道：「少自以為是，你不過是個乳臭未乾的小鬼，敢威脅我？」

「是的，爸爸……你還有一分鐘。」

十四、父子

陳強握著無線電的手顫抖著，另一端的沉默令他心慌，種種不確定性讓陳強備感焦慮。

「強哥趴下！。」浩子撲倒陳強的瞬間一旁的牆壁炸裂成碎片，浩子攙扶著陳強，十幾人躲到一樓西邊的牆角掩蔽，敵人的砲火猛烈，以四到五人為一組從各個出口突圍，有許多囚犯在戰鬥中被射殺，戰況並不樂觀，浩子問：「弟兄們都在問現在是龜什麼？這樣下去我們會逐漸敗退，大夥都想衝，強哥你覺得呢？」

「不行，敵人都是實戰經驗豐富的士兵。」陳強說：「我們要保存戰力，攻擊的目的是騷擾而非正面迎敵，拖住他們我們才有機會，相信我，我比你們更想衝，可是時機還沒到。」

時機取決於陳光榮的答覆。

陳強知道獲勝的機會十分渺茫，雖然浩子帶著援軍即時出現，但從工廠趕來的途中有不少人為了牽制暴動而留下，真正趕來的大約只有一百人，面對精銳的雇傭兵，倘若指揮不當會跟砲灰沒兩樣。

若陳光榮不接受妥協，那同歸於盡也並非吹牛，但陳強盡量避免這樣的結果，他的最終目的是要迫使陳光榮出面談判。

「時間到，你的決定呢？」陳強對著無線電呼叫道。

「用你的命來換他的命。」

陳強不解地問：「什麼意思？」一會兒後，無線電傳出小孩的哭聲，陳強慌張地說：「你不能抓走小傑。」

「我沒有詢問你的意見。」

遠方傳來吵雜的噪音，聽起來像是某種引擎聲，周遭的氣流越來越強勁，浩子指著天空大喊：

「強哥！是直升機！」

直升機的尾翼在夜晚的雨中閃著霓虹的燈光，夾帶著狂風從宿舍上方呼嘯而過，陳強等人看的目瞪口呆。

「想要小鬼活命，就帶著我要的東西獨自上頂樓。」

十五、約定

「救救他！」陳強跪在建忠的身邊，看著他閃爍的雙眼逐漸黯淡，無助地對夜鷹哀求道：「之前幫我打的那個腎上腺素呢？給他打一支不行嗎？」

夜鷹在建忠身邊蹲下，卸下他的鋼盔緊握住他的手，夜鷹平靜的眼神中夾著淡淡的憂傷，建忠驚恐地望著他：「好冷。」建忠的呼吸緒亂，發白的雙唇顫抖著：「我……我無法呼吸。」

夜鷹說：「老朋友，你很快就會沒事的。」

淚水模糊了建忠的視線，呼吸忽然變得急促，情緒激動地說：「我不是個好爸爸，我真……沒用。」

「別說話，」夜鷹說：「專注在呼吸上，別浪費太多力氣。」

「小傑、小傑被抓走了。」建忠露出懊悔的表情。陳強將手放在他肩上安撫道：「我會用盡一切代價救回小傑，我答應你。」

建忠哭著說：「我應該多陪陪他，他媽媽走後……他一定很難過，我卻只……只顧自己，以為躲在這裡就可以忘記過去，自私地認為這樣也對他好，小傑……他一定很恨我。」

「沒這回事，小傑很愛你。」陳強說：「他一直都表現得很堅強，你是他這世上唯一的親人，他最想看見的，就是你的笑容。」

一陣劇烈的喘息後，建忠緊抓陳強的衣領說：「我、我好害怕，害怕失去一切，那些過去的回憶，是不是什麼也不剩了？如果我睡著，是不是會忘記小傑？小傑他會恨我嗎？」

陳強正想說話，但夜鷹卻輕拍他的肩膀，無奈地搖著頭，陳強這才發現建忠根本聽不見任何聲音，他說話的目的只是拉扯著意識的最後掙扎。陳強低下頭，緊緊握著建忠的手，淚水滑落臉頰。

建忠的聲音越來越小，逐漸變成無法理解的囈語，最終雙手癱軟無力地垂下。

陳強泣不成聲，夜鷹為他闔上雙眼，兩人久久不語。

浩子找了條棉被蓋在建忠的身上，陳強還跪在地上，夜鷹站在一旁。

「他放我出來時拿著槍威脅我要去救你，但他握槍的手不斷顫抖，槍甚至還沒開保險。」夜鷹露出淺淺地微笑：「他有些歇斯底里，說想做一個信守承諾的父親，不想再次見死不救，這條命是你犧牲性命換來的，那他也要盡全力報答。從他的眼神我看見了恐懼，但怪異的是卻又如此堅定，直到現在我還在疑惑為什麼我要答應他，理性告訴我應該帶著資料趕快逃離這裡，但不知道為何我就是無法拒絕他。」夜鷹嘆氣道：「也許，是被他那股傻勁折服。」

陳強閉著眼，臉上閃過掙扎與不捨：「他完全聽不見我說的話，最後只能帶著罪惡感死去，這實在太悲慘了。」

「人在死亡面前是很脆弱的。」夜鷹說：「數不清有多少次，我凝視著每雙即將死去的隊友的眼睛，想像著自己是否可以處之泰然地面對死亡。」

陳強說：「夠了，我不想再看見有人死去，該是讓這一切結束的時候了。」陳強站起身但視線仍離不開建忠，他從腰包裡拿出墜子，打開它看著母親的照片。

夜鷹說：「你父親總是帶著那條墜子，他寶貝的程度甚至曾經為了撿回它而深陷險境。」

「我從無線電聽到你跟他的談話，可以說說你是怎麼認識我爸的嗎？」陳強問。

「很多年前，我們的政府加入一個國際組織，其中有個關於軍事合作的協定，會員國負責出兵維持地區和平。說直接點，就是某些大國不想投入太多資源在戰爭上，於是讓其他國家共同分擔。但重點在於這些戰爭都屬於侵略行動，分擔風險也有助於政治上的責任解套。這個祕密行動讓我被派去過很多地方，阿富汗、伊拉克還有許多你連聽都沒聽過的國家，我們聽從命令扣下板機，成為棋盤上供政客操弄的劊子手。

後來經由國際媒體的披露，這個計畫在名義上取消，沒有了需求，我們這些士兵就只能流落街頭，那段時間，我也曾經試著過平凡的日子：娶個老婆生個孩子，努力工作將重心擺在家庭上，但每天晚上，我還是得想像我躺臥在叢林裡、沙漠中，讓心情處於備戰狀態下才能安穩入睡，我每天都害怕萬一老婆想抱我，我會失手殺了她，於是我很少回家。」

夜鷹沉默一會兒後，臉上閃過哀傷的表情：「礙於保密協定，我也不能跟她說我的過去，對於她的責備我只能選擇沉默，我們的關係自從我女兒去世後更為疏離。某天我遇到了以前的老隊友，他說他現在效力於ＰＭＣ，聽到我的處境便努力說服我加入，我那時才發現，軍事協議取消只是個屁，各國撤回正規部隊，卻轉而向ＰＭＣ聘僱大量的武裝人員，血腥的鎮壓以及侵略現在仍舊持續，只是更為地下化。我們這些被迫退伍的老兵無法適應社會下，只能重操舊業。」

陳強問：「這一切根本沒有結束，所以你就這樣重新回到每天殺人的日子，一點也沒有猶豫？」

夜鷹聳聳肩，不以為然地說：「你以為是演電影？要在昏暗的燈光下握著槍看著家人的照片流淚，還是要抱著老婆、孩子露出糾結的眼神才是掙扎？真正的掙扎，是在每一個呼吸的時刻，就像是走在鋼索上，面對沒有盡頭的地平線，你還得張開雙手保持平衡，你走到滿腳都是血卻仍舊必須走下去，為什麼？因為其他人走得這麼輕鬆，這時你才發現，你不屬於這個世界，這份和平不屬於你，只有戰場才是你歸屬的地方。」

陳強低下頭，沉默不語。

夜鷹嘆氣道：「你的父親，我該怎麼形容他呢？機械人、撲克臉都是我們給他取的綽號，因為他的眼裡只有任務，為達目的不擇手段，所有人都很尊敬他，但也很怕他。我聽過各式各樣加入ＰＭＣ的理由，有的人天生喜歡戰爭才來做這份工作，有的人像我一樣，無法離開戰場所以又回來。但你的父親，我感受不到他的情緒，他彷彿沒有靈魂，像一台永遠服從命令的機器，還記得我跟你說的嗎?邪惡的平庸，那才是惡的原貌。」

陳強的腦海浮現過往的記憶，那是如同畫一般的景色；湛藍的天空，如棉花糖的白雲還有碧綠的湖泊，他在小船上拿著一根釣竿，正為了釣不到魚而氣餒，身旁有個模糊的人影，他從冰桶取出一灌飲料遞給他，厚實的臂膀拍著他的肩，太陽暖烘烘的。

「他是我爸。」陳強對著夜鷹點點頭，將墜子蓋上放回口袋，他卸下身上的全部武器，取出USB交給夜鷹：「時間快不夠了，我們得去救出小傑。」

「你想跟他講道理嗎?」夜鷹發現陳強沒有理會他的提問，在檢查步槍上的榴彈發射器後認真地對陳強說：「時機要抓好，不然連你也會死。」

陳強閉上眼睛大口地深呼吸：「我明白。」他張開眼睛，開門穿越長廊，兩人來到中央樓梯，眾囚犯都聚集在此，每個人都緊握著槍，神情都十分緊張。

「強哥，你確定我們不用跟你上去嗎?」浩子擔心地問：「你下令我們就立刻衝上去拚個你死我活，管他有多少人，我們傢伙多，絕對可以海贏他們。」

陳強說：「你們衝上去小傑就會死，所有人都不准跟來，我上去後你們都要聽從夜鷹的命令。」

此時囚犯們都靠了過來，浩子說：「大家都知道強哥要去救人，我們也沒什麼更好辦法，當然都聽強哥的，但我們只是……」浩子忽然陷入沉默，一旁的囚犯大聲說：「應該跟強哥共進退！」

「沒錯！衝上去，誰敢動那小鬼一根寒毛就把他大卸八塊！」

「再怎麼說也不能讓強哥一人送死！」

「夠了！」陳強喝止眾人的喧鬧，四周瞬間安靜下來，他靜靜地看著每一張焦慮、緊張及擔憂的表情，彷彿要將它們刻印在心中。

夜鷹說：「去吧，別被分心。」

「記住我說過的話，誰擅自衝上來就不是兄弟。」陳強將無線電交給夜鷹，小聲地說：「拜託了，萬一有什麼事，」夜鷹說：「我會帶大家逃出去的。」

陳強露出微笑，獨自走向頂樓。

⚷

越往頂樓的樓層駐守的傭兵就越多，陳強高舉著手，示意自己不耍花樣。

一台直升機停靠在頂樓中央，傭兵搜過他的身，確認沒有武器後，將陳強押上直升機。

陳光榮坐在陳強的對面，一旁的傭兵抓著小傑，陳強說：「我們終於見面了。」

陳光榮一臉冷峻，駕駛員發動引擎，直升機的尾翼閃爍著霓虹的燈光，螺旋槳捲起強勁的氣流，機身緩緩升起。

陳強注意到小傑閉上眼攤在傭兵懷裡動也不動，他焦慮地皺起眉頭，陳光榮說：「我讓他吃了鎮靜劑，避免他換氣過度把自己弄死。」陳強聽了稍微放心了一些。

直升機飛往舍房大樓，從窗外看去，陳強看見大樓浸淫在黑夜的雨中，隱約看見微弱的火光在各處閃爍著，當直升機飛過大樓上空時，忽然一團巨大的火球從黑暗中竄出，接著一聲巨響後跟著噴發大量四散的火花，將大樓淹沒在一片火海中，陳強震驚地張大嘴巴看傻了眼。

「這只是終結的開端，他們將為更遠大的目標而犧牲。」陳光榮說。

陳強怒道：「你知道你在說什麼嗎?或許很多人犯下不可饒恕的暴行，但是再怎麼說也是要由法律來制裁他們，你擅自殺掉他們就是謀殺！」

「責任不在我，我只是奉命行事。」陳光榮對陳強伸出手，「我要的東西呢？」

「我怎麼知道你會不會東西拿了就殺了我跟小傑？」

陳光榮露出冷笑：「不會，現在還不會。」

崩塌的大樓烈火沖天，濃稠的黑煙遮蔽天空，直升機朝監獄外飛去。

⚷

夜鷹在行政大樓的樓梯間狂奔，他推開頂樓的鐵門衝到欄杆前，取出搜索傭兵的屍體上獲得的M82巴雷特狙擊步槍，拆下瞄準鏡的封套，接著隱約聽見直升機的引擎聲越來越近，他張望著尋找目標，發現遠處有一個紅色的小點正逐漸靠近。夜鷹調整呼吸，將巴雷特狙擊槍的腳架卡住欄杆的兩側，透過瞄準鏡片上的細微刻度線凝視烏黑的天空。

子彈並非沿著直線的軌道前進，更像是拋物線，地球的重力及氣候的都會使射擊的精準度受到影響，當子彈射出千分之一秒起，空氣的阻力就開始壓制子彈的速度，當重力和阻力交互作用後，子彈才會下墜。

夜鷹調整呼吸，若是以前的他要做到這點可沒什麼困難，但他已經有十幾年沒射擊了，那份手感不知道喪失多少。

「射擊尾翼？真會給我出難題。」夜鷹無奈地笑了笑，調整呼吸，開始數著自己的心跳聲，就像回到部隊受訓時教官教導的那樣，他深深地吸了一口氣，手壓住巴雷特的槍管，這小姑娘發射後的餘震可不是開玩笑的。

「你很害怕。」陳光榮說。

「我只是很意外我們會在這碰面，畢竟從小到大，我們很難得見一次面。」陳強說。

「意外？」陳光榮冷笑：「你的存在對我而言，才是個意外。」

「既然你後悔生下我，那你為何要跟媽媽結婚？」

「閉嘴！」陳光榮的眼神噴出怒火，他伸手掐住陳強的脖子：「你懂什麼？不准你提起芳玲，你沒資格提起她！」

陳強使勁地掙扎，但陳光榮的手就像鐵鉗，呼吸越來越困難：「如果……殺了我，你就永遠得不到你想要的東西！」

陳光榮瞪著陳強，僵硬地鬆開手，陳強按著胸口，劇烈地咳嗽著。

「資料呢？」陳光榮的語氣冰冷異常。

「你先放了小傑。」

「你根本沒帶在身上吧，既然沒有我要的東西，你憑什麼跟我談判？」陳光榮瞇起雙眼，冷峻的視線令人心寒。

陳強的心噗通地跳著，他有些笨拙地取出口袋裡的墜子遞了出去，「憑這個。」

陳光榮愣了幾秒後接過墜子，眼角的肌肉微微抽動，表情痛苦地扭曲似乎在哭，但嘴角上揚又像在笑。

「要不是王建失控，你又怎麼會好端端的坐在這？但那都不重要了。」陳光榮將墜子緊緊地握在手中：「不管你把資料交給誰，我遲早會殺光這裡每一個人將它找出來。」

陳強說：「打從一開始，典獄長發起的暴動就，只是要掩飾你的真正目的嗎？」

陳光榮露出一抹詭異地微笑：「典獄長只是一顆被利用的棋子，我要的，是張記者蒐集的機密資料，如果流落出去會危害到整個國家的利益，所以我被聘雇來此，全權負責這個特殊任務。祕密，但不違法。」

「別開玩笑了！」陳強怒道：「那些被屠殺的民眾手無寸鐵，其中還有年幼的孩子你不知道嗎？政府封鎖消息還逮捕追查真相的人，這種恐怖統治你居然還稱之為合法？」

「海灣港事件是一個精密的戰術，一個化解危機的行動，」陳光榮厲聲說道：「夜鷹告訴過你那份軍事協議吧！他沒告訴你的，是某個民間組織從暗網上買到協議的會員名單，在這紛亂的世道，名單經由媒體披露後，你能想像會造成國家多大的傷害嗎？」

「政府非法出兵侵略其他國家，人民怎麼能坐視不管！」

「你們愚昧的腦袋總是產生名為自由的幻覺，妄想可以用民粹控制整個國家。」陳光榮說：「你們只看到軍事協議下的結果，卻沒想過國家長遠的利益，你知道加入國際組織能夠帶給國家的經濟效益有多少嗎？國際媒體揭發協議後各國還不是私下行動，海灣港不過犧牲區區數百人，持有那份資料的人早已刊登氣爆案的罹難名單中，從來沒有什麼祕密行動，有的只是股票下跌幾天，幾個官員下台，大家還是各過各的日子，但對國家而言則是化解了一次政治危機，這就是最好的結果！」

陳強倒吸口氣：「你們……就為了那份名單不惜殺死海灣港的所有人？」

「我們阻止了社會陷入動盪，讓所有人有安穩的日子過，就像現在，」陳光榮指著陷入火海的舍房大樓：「為了獲得機密資料，幾千名囚犯死了有什麼可惜？這棟監獄化為焦土，讓原本投入的社會資源用在更有用的地方不是更好？媒體想要真相，典獄長貪污引發暴動就是真相！」

「真是不敢相信這些話會出自你的口中。」陳強搖著頭，眼光閃爍著失望與憤怒：「你到底把人命當成什麼了，爸！我真沒想到你這麼冷血，你就這麼甘願成為國家的殺人機器？我以為你只是工作很忙不想回家，就算夜鷹告訴我你的過去，我還深信你有不得已的苦衷，但你卻……我真不敢相信你是我爸，如果媽還活著她會有多難過？」

「對、對，就是這個表情。」陳光榮看著陳強憤怒的模樣，嘲諷地乾笑了幾聲，但接著神情瞬間僵硬，出神了幾秒後他收起了笑容。

「我有個兒子……曾經有，我是說曾經。」陳光榮的眼神茫然，退逝的夢境又再度折返，目光絢麗地斜視他，那一吻在夢中重複了無數次，但現實總是混雜了超越呆滯與憤怒的絕望。

「那一晚他跟著芳玲走了，我來不及道別，所以隻身離去，發誓永不再回到那個地方，但一直有個影子拉著我不肯放手。」

「爸爸……」

陳光榮拔出槍對著陳強：「只要能讓你體會我失去的一切，只要能讓你遭受報應，我不在乎犧牲多少人！」

十六、死鬥

「我到底做了什麼？要讓你如此恨我？」陳強問。

陳強猛地站起身，坐在一旁的傭兵拔出槍抵住他的頭，一聲槍響，傭兵的頭連著鋼盔瞬間爆開，黏稠的血花噴濺在他的臉上。

「打偏了！」夜鷹明白，以這個距離巴雷特狙擊槍要命中目標是輕而易舉。關鍵在於精準度，一般而言狙擊手會配備一名觀測員，幫助狙擊手測量風向以及觀察彈道的位置，以修正準度偏差。但在這節骨眼別說觀測員了，連測風儀都沒有，全部只能憑直覺靠手感。夜鷹專注在呼吸的頻率上，他是經驗老道的士兵，非常明白狙擊手的心緒狀態會影響射擊的精準度。

他重新修正目標，將腳架的高度下降一個檔次，他觀察雨勢被風吹的動向，將槍口向左下調整五到六英吋，期望子彈射出去後，風能夠將子彈修正到正確的位置。

「陳強你別死啊！」呼吸，吐氣，在肌肉隨著肺臟將氣息吐盡後停止抖動的瞬間，扣下板機。秒速八百五十三公尺的子彈劃破空氣，當五十英吋的子彈貫穿直升機尾翼的旋槳時，子彈的尾音才傳入耳中。

失去尾翼的力矩穩定平衡，直升機在空中失速地打轉，機身劇烈地上下搖擺，像是被狂風吞噬的落葉，急速地墜落在舍房大樓的火海中。

遠方的黑暗中冒出零星的火花，夜鷹衝到圍牆旁屏息觀望，舍房大樓的火光照映出直升機的輪廓，乍看之下機身的骨架還堪稱完整。夜鷹丟棄巴雷特狙擊槍以減經重量，他掉頭狂奔，心跳急遽加速，他從來不禱告，但現在真心希望奇蹟發生。

■

火舌在雨中依舊竄燒著旺盛，直升機的殘骸如同煉獄中張狂的巨獸，機身的後半節全毀，座艙的底盤在墜地時急速磨擦地表後嚴重變形。陳強用力踹開艙門，抱著小傑搖晃地滾落在地。他將瘦小的身體護在懷中。

駕駛艙碎裂的玻璃邊角上沾滿血跡，其中一大片玻璃碎片插在駕駛員的胸口，估計早已斷氣。陳強張望著，發現自己被烈火與黑煙所編織的牢籠禁錮。

「沒事的，沒事的。」陳強安慰小傑，但發現他睡的沉，於是鬆了口氣將他的頭擁入懷中：「走，哥哥帶你出去。」

「殺人犯！」烈火的高溫蒸乾了滴落的雨水，四周一片通紅中滲出徐徐白煙，陳光榮步履蹣跚，滿臉是血。

「你說什麼？」陳強說：「爸！你到底……」

陳光榮枯槁的眼神脹滿著憤怒：「你的罪惡天理難容，比這棟監獄的任何一個人渣還要邪惡！這個世界上，沒有任何的信仰可以寬恕你的罪刑！」陳光榮搖晃著身體，血滑落至指尖，他向陳強舉起墜子怒道：「你奪走了一切，奪走了鋼索上的平衡，你用出生埋葬我的天使，將原本應當照耀在我身上的光給撕成碎片，把我再度丟回屍臭的戰地。」陳光榮走到陳強面前，將墜子緊握在手中，用力地槌在他的胸口上：「當你站在擂台上享受眾人的注目時，可曾想過這些掌聲都是犧牲別人的生命換來的？」

「我……」

「你無法感覺到難過對嗎？因為你從沒見過她，所以也沒愛過她，哪怕她的子宮孕育了你，但你卻連她的長相也一無所知，甚至是她的笑，還有她想生下你的堅持。」陳光榮說。

陳強呆立許久，震驚的心情如刺在梗說不出話來。

陳光榮低下頭，聲音低沉的可怕：「所以……你也無法體會我的痛苦。」

「我不知道，」陳強惘然地握住陳光榮的手，「我一直誤會你從不回家的原因，但這實在……我很抱歉。」

陳光榮甩開了陳強的手「不，你一點也不。」他臉上詭異的靨笑讓陳強打著冷顫，他警覺地後退了幾步，「什麼意思？」

「你從來沒真正失去過什麼！」陳光榮冷不防擊出正拳，面對猝然的攻擊，陳強反射性地蹲下，陳光榮左腳一記旋踢掃中陳強的頭部，陳強倒落在地，眼前飄忽著閃光，耳邊震盪著高頻率的鳴響。

小傑倒臥在他身邊，陳強的眼眸投射出陳光榮駭人的模樣，他搖晃地爬起身擋在小傑面前，還未站穩，陳光榮的黑影已壟罩他。

「一句抱歉就能挽回昨日嗎？未免可笑！」陳光榮連出數拳，雖然他受了內傷，力量跟速度都明顯減弱，但仍不可小覷。

陳光榮的拳速不快，但陳強的意識還殘留著被踢中頭部時產生的暈眩，他無法以步伐閃避攻擊，便試圖利用撥擋流卸掉陳光榮的招式，但他立刻發現這是個蠢主意，迎面而來的拳勁沉重無比，倘若被打中就算是防禦也會受傷，一旦雙方力量相差懸殊，防禦技巧將會變得毫無用處。

「爸，我不想跟你打，快住手吧！我明白媽媽去世對你的打擊很大，我真的很抱歉。但你要相信我，這真的不是我願意的，難道我會故意殺死她讓我自己成為孤兒嗎？對！我沒有對母親的印象，談到她我沒有太難過，可是不代表我就無法體會你的感覺！」陳強聲嘶力竭地吶喊，希望能喚醒陳光榮的理智，「你可能不知道我曾經有個很愛的女孩，她是我最重要的人，但她被人害死了，一切都怪我太衝動。爸，我們都失去過深愛的人，所以……嗚呃！」陳強的腹部紮實地吃進一拳，內臟翻攪著渴望傾瀉，口中吐出白沫屈膝跪地。

帶著藐視的目光，陳光榮如同勝利者般俯瞰著陳強。「爸，求你……」

「將深愛的人抱在懷中是不是很幸福？」陳光榮冷冷地問：「至少你能感受她依偎在你的胸口的鼻息，感受溫暖的身體逐漸化為冰冷的空殼，你知道嗎？這些奢求對我來說多麼遙不可及。」

陳強說：「所以，你沒有見到媽媽最後一面。」

「我在冰冷的太平間裡陪伴她一整晚，她就像睡著一樣，總要從繫在腳上的標籤我才能提醒自己，什麼是現實。」

陳強乍然無語，風吹散細雨化為沉沉水霧，經烈火轟燒後吹拂在臉上，溫暖又濕潤的觸感浸透陳光榮的心底。

陳光榮說：「你女友是滿懷絕望還是了無牽掛的死去？有沒有說『不要自責』這些老套的遺言？」

「不要這樣說小靖，她……給了我活下去的勇氣。」陳強說。

「那你要感謝我。」

「什麼意思？」陳強詫異地問。

陳光榮的臉上又浮現詭異的笑靨：「多虧你寄公關票給我，我才能安排王建赴會。」

唇邊的唾液滴落在膝蓋上，凝結的時間像故障的卡帶，反覆播放著陳光榮閉合的嘴型，陳強的瞳孔逐漸放大，咯咯作響的牙齒用力咬合，直到顴骨抽痛不已。

「你說什麼？」陳強感覺像是另一個自己在問話：「安排王建赴會是什麼意思？」陳強怒吼。

陳光榮收起戲謔的笑容，他面無表情地凝視陳強的憤怒，手上的指節因用力握緊而發白：「對了，就是這樣，你也感受到了不是嗎？」

「回答我！」陳強擰緊著眉頭，「你根本沒有收到我寄的票，怎麼可能會知道我跟亞靖去PUB？」不直接回應陳強的疑問，陳光榮猛力地將他踹飛。陳強趴在泥濘的地上，狼狽地吐出一抹血水。

「人性就像一個不穩定的火藥庫，只要給他足夠的子彈，他們就會彼此互相殘殺。」陳光榮說：「我告訴王建，要讓你失去理智的方式就是羞辱我，他笑得多開心啊！一個二十多歲的年輕人居然這麼在乎疏離的老爸，我猜王建一定有這樣說你吧？尚未斷奶的爸寶！」

「閉嘴！」

「有沒有覺得為了別人的一句挑釁而失去理智，害死了最愛的人很傻？」

「閉嘴！」

「摯愛被最親的人奪走，是不是很痛？」

陳強側著頭俯趴在地，雨水混雜著淚水與泥土滑落鼻尖，他瞪視著在火海中燃燒的灰燼，瞳孔中閃爍著匹配心境的橘色閃焰，他連泥土用力掐緊掌心。

「這份痛苦在乘以千倍就是我的感受，」陳光榮敞開雙手，擁抱烈火與風的絕望：「但你永遠也不會明白！你是個錯誤，是我無意間帶到這個世界上的垃圾！」

「啊——」陳強嘶啞著如野獸般的怒吼，他撐起身，眼中閃著淚光，踏破泥漿朝陳光榮撲去。

「恨我嗎？你又懂什麼是恨！」

陳強重心壓低猛力地撞向陳光榮，兩人摔倒在地，互相激烈地扭打著，遍地泥濘無法站穩腳步，一方積極地想要壓在另一方的身上，雙方糾纏、掙扎，就像在褐色畫布中兩道紛亂的筆觸。

「還給我！把她還給我！」陳強的嘴巴灌進許多泥漿，但他不在乎，一個翻身跨坐在陳光榮的胸口，瘋狂地出拳，即使是用力過猛導致手腕挫傷也不願停止。

陳光榮不反抗也沒防禦，他始終不吭一聲，滿臉的鼻血混雜著汙穢的泥濘，靜靜地看著自己餵養的怪物陷入瘋狂、絕望。

不知過了多久，陳強筋疲力盡，拳頭變的緩慢而無力，他的最後一拳軟綿綿地打在陳光榮的臉上，低垂著頭哭泣著，哭聲卻被淹沒在雨聲中，陳光榮想起了年輕時陪芳玲觀看的默劇表演。

小丑，兩個人就像在煉獄的泥糊上跳耀的小丑，陳強喘著氣，內心無比的空虛。

「空虛，無以名狀的悲傷，你不知道現在是什麼在操縱著你的軀殼。」陳光榮說：「你以為你活著，其實不過是個幻覺，那麼當個好人還是壞人又有什麼差別？二十幾年前，我回到戰場，在槍火間才能感受到自己活著。」

陳光榮一個翻身掙脫陳強的控制，他轉到陳強側身，伸手穿過他的腋下鉗住肩膀，手指扣住肩峰，「唯有秩序才是這個世界應當存在的唯一法則，擾亂秩序的障礙都應當清除！」

陳強的肩膀傳來熱辣的痛楚，關節與肌腱的延展已緊繃到極限，但此刻卻連嚎叫的力氣都顯得奢侈。

「你就是我的障礙！」陳光榮怒吼：「芳玲死後，一切都不再重要了，我忍了好久才等到今天，我現在就要斬斷這份連結！」

陳光榮用力將手肘抬高，這個姿勢能重挫肩膀球窩關節上的韌帶，這份痛楚是常人難以忍受的，但陳光榮卻沒有聽見預期的尖叫，忽然他發現陳強動也不動，下半身癱軟在地。

痛暈了？陳光榮拉起陳強的頭，發現他的右胸口染了大片血漬，鎖骨下方開了道裂口，從中湧出大量暗紅的液體。

陳光榮驚訝之餘，腰間傳來刺骨的疼痛，低頭一看，左側髖骨開了一個指頭大小的彈孔。

「這是……」髖骨的槍傷加上先前的腳傷，陳光榮跪下，餘光捕捉到一個黑影正向他靠近。

「隔著這場大雨，根本認不出你們兩個泥人誰是誰。」鐵支握著裝著滅音管的步槍緩緩靠近，臉上掛著得意的笑容說：「無所謂，反正誰也別想活著離開。」

陳光榮的眼神露出殺意，鐵支警覺地保持距離，槍口對著他：「我承認你是個極其危險的人物，」鐵支笑說：「比我還危險，但別以為我像典獄長一樣天真。當我幹掉你的部下後，我就在想該怎麼接近你，就算你這麼老謀深算，一定也會露出破綻。」

「你引爆大樓？」陳光榮問。

「不這樣做你怎麼會以為我死了？」鐵支說：「利用完就滅口，你們這些大人物淨幹這些事，一點道義規矩都沒有，真他媽垃圾！」

陳光榮看著癱在泥濘中的陳強，背部肩胛骨開了一個彈孔，按照目前失血的速度，不急救很快就會有生命危險。

「剛好，兩個新仇舊恨都在場，老天爺待我不薄啊。」鐵支笑道：「我答應過這小子，只要我還有一口氣就一定要弄死他，我一向說到做到。」

陳光榮面無表情直盯著陳強，這份輕蔑激怒了鐵支，他上前用槍抵著陳光榮的頭：「看著我，你這個臭老頭！白癡也知道我現在掌控了局勢，我是這個地獄的老大，現在也會是唯一一個走出這座監獄的人。」

陳光榮用力壓住陳強的傷口，厚實的手掌底不斷冒出血泡。

鐵支憤怒地揪住陳光榮的衣領，將槍口抵住他的頸動脈：「等老子在你腦袋上開一槍，我看你還能不能囂張下去！」鐵支面目猙獰，扣在板機的食指顫抖地加重按壓力道：「看著我！像隻狗一樣搖尾乞憐，求我放過你！」

陳光榮轉過頭，不疾不徐。

鐵支一向樂於觀賞臨死之人的反應，最兇惡的罪犯在死亡的威脅面前都會顯得脆弱、無助，哪怕他看似鎮定，只要給他一絲活命的希望，再倔強的人都會崩潰求饒。但陳光榮卻毫無反應，冷峻的眼神如同一面鏡子反射出鐵支的焦躁與不安，鐵支咆哮著：「你那是什麼眼神！快給我求饒！你這狗娘養的！信不信我……」

陳光榮毫無預警地將槍管架開，手順勢滑向槍托將射擊變換鈕切至「保險」狀態，鐵支發現板機卡死無法扣壓，慌張地想抽出腰間的手槍，陳光榮迅速扣住他的後頸，瞄準他的鼻梁使出一記頭錘，鐵支的腦海裡響起某種東西斷裂的聲音，眼前頓時冒出諸多繁星，陳光榮抽出他腿上的短刀，刀尖抵住他的咽喉：「你見過死者向生者乞憐的嗎？」

鐵支感覺生命從冰冷的刀尖流瀉而出，記憶中死亡從沒靠這麼近過，他不敢呼吸，瞪大的雙眼直盯著陳光榮，許久後才開口：「你不怕死？」

陳光榮靜默的如同黑暗，鐵支裂開顫抖的嘴角狂笑。

「原來，我們的實力差這麼多。」

陳光榮將刀尖刺入喉嚨兩吋迅速抽離，一道暗紅色的血柱傾瀉而出，在空中劃出長長的噴泉，而後化為無數血水落入泥地中。

大雨轉小，細碎的雨滴被強風吹的漫天飄，陳光榮持續按壓著陳強的傷口，兩人深陷泥濘裡，彷彿埋藏了幾個世紀的遺跡。

他丟下短刀，取出墜子緊緊握在手中。

夜鷹站在陳光榮面前，雙方不語，讓意識在凝視間流動。

「陳強死了嗎？」

陳光榮閉起眼睛，心中泛起一絲漣漪。

十七、終章

「死了。」陳光榮說。

「那我也會殺了你。」夜鷹舉起手槍對準陳光榮的兩眼之間。

「好。」

夜鷹看向陳強，有些驚訝：「你在幫他止血？你下不了手。」

「有人半路阻饒。」

「那也無法改變你仍然關心他的事實。」夜鷹說

陳光榮將頭抵在槍口：「別廢話了，要來就快。」

「這不是廢話，」夜鷹看著他手中緊握的墜子，低聲道：「我明白失去摯愛的痛苦。」

「什麼意思？」

「別裝傻，你知道我在說什麼。」

陳光榮低下頭，微微顫抖著。

「我知道那種感覺，」塵封的記憶像膠捲投映在腦海裡，死去的女兒躺在病床上，身上插滿管狀物，夜鷹呆坐在一面白牆前，看著女人抱著冰冷的軀體哭泣。

牆壁的白色面積之多，幾乎要讓他窒息，夜鷹站起身，推開房門就一腳踏進狼藉的戰地，他

躲在隊友屍體下伸出槍管朝敵軍還擊，原本麻木的心忽然感受一絲抽痛。

「你永遠不會忘記那糟糕的一天，它像鬼魅般糾纏著你，不時從你內心最陰暗的角落將你拖回那一刻，無法擺脫，你不斷尋找原因，怪罪一切，就是不肯面對她走了的事實。」夜鷹說。

「別對我說教，你不殺我，以後我也會殺了妳。」陳光榮說。

夜鷹收起槍，將陳強扛在肩上，一手抱起小傑：「我不殺已死的人。」

「就算沒了我，還有一大堆人覬覦那份資料，他們會追殺你們到天涯海角。」陳光榮怒吼：「你能躲到哪?就算是IRDA也有其他勢力，你逃不掉的！」

夜鷹吃力地向前走，頭也不回地說：「當你殺了建忠，我對陳強說你是個冷血、只服從命令的殺人機器，但他卻說……你是他父親，他從拿到墜子的那一刻起他就知道了，但他抱著希望，」夜鷹停下腳步，回過頭看著陳光榮，「我沒問，但我知道，他打從心底相信著，相信你還有人性。」

陳光榮看著手中緊握的墜子，芳玲的照片被雨水浸濕，皺褶的膠片彷彿正在流淚。

記憶中的那晚，他的指尖離陳強嬌小的臉龐僅有幾吋距離，只要半秒他就能為妻子報仇。

他殺過很多人，但此刻他卻下不了手，因為那粉嫩，幼小的手指抓住他的手掌，緊緊地，用盡力氣抓住整個世界。

「爸爸，我都釣不到魚！」

十歲的陳強嘟著嘴抱怨著，短小的胳膊使勁甩了甩比他還高的釣竿，陳光榮遞了一罐飲料給他，「謝謝爸爸！」陳強接過愉快的喝著，安心地讓陳光榮搭著他的肩，絲毫沒察覺他的神色有異。

清澈的水面散發著誘惑，只要稍微用力就能解決所有問題；芳玲的仇，無能的自己。酷暑逼人，晶瑩的湖面反射父子兩人的模樣，陳光榮始終沒有動手。

那天過後，他幾乎是用逃的。他躲到世界的角落，讓砲火中清洗心中的憤怒，他痛恨自己的軟弱，對芳玲的愧疚逐漸化為憎恨，從此不再踏進家門。

「夜鷹！」

聽見陳光榮的呼喚，夜鷹回過頭，一個閃亮的小東西飛到眼前，夜鷹單手接住，是那只墜子。

「你……」

「給他。」陳光榮的表情隱匿在背光的暗影中，接著毫不猶豫地轉身。

「一起走！」夜鷹大喊，但陳光榮沒有回頭，搖搖晃晃地走向崩塌燃火的廢墟，不疾不徐，但又像是刻意放慢腳步。

於是夜鷹也只能向前走，命運在此分道揚鑣。

雨停了。

旭日揭發了監獄的殘磚破瓦，爆炸後飄竄的濃煙引起鎮上的恐慌，警察趕到現場後拉出封鎖線抵擋大批媒體將真相，與外界隔絕。

電視、廣播及網路的各大論壇二十四小時放送著各類陰謀論，每天名嘴在電視上爆出各種獨家、內幕，二流作家立刻跟風，以此為題材的電視劇、小說如雨後春筍般上架，登上排行榜多達數月之久。

人權團體招開記者會，呼籲大家要改善囚犯的生活品質，鄉民們認為一定是監獄管理疏漏，才讓黑道大肆橫行，應該要比照國外有嚴刑峻法的國家嚇阻囚犯犯罪。

大家各自拼湊著真相，選擇自己想要的部分，對此深信不疑。

「典獄長為謀私利策發暴動，遭囚犯反咬釀成悲劇？這他媽的寫些什麼啊？」浩子揉爛報紙丟到一旁，抽了口菸，夜鷹從後方巴他的頭，讓他差點跌跤。

「想偷懶啊？撿起來，別亂丟垃圾！」夜鷹說。

浩子撿起報紙解釋道：「不是啦，鷹哥，我只是看到上面寫的東西很憤恨不平。」

夜鷹接過報紙看了一眼丟還給他：「有什麼問題？」

「明明就不是這樣啊！」浩子不悅地說：「哪是什麼典獄長策發暴動，這些媒體眼睛是瞎了是嗎？」

夜鷹說：「這樣反而好，對我們離開更有利。快去幫忙別人搬貨，我們要準備離開這了。」

「鷹哥啊，我有點害怕……」浩子說。

「怕什麼？」

「我在監獄待了好幾年，現在忽然呼吸到自由空氣，有點……」

「不習慣？那你可以回去啊，我不會攔你。」

浩子驚慌地猛搖頭：「不是！我是說脫離社會太久，現在居然要逃到國外所以我有點害怕。」

夜鷹笑著拍拍他的肩膀說：「別怕，放機伶點，聽我的話就會沒事，現在立刻去幫忙其他人，不然我把你丟下船。」

浩子搔著頭走向其他人，天空灰濛濛的，海港碼頭邊堆滿了各種顏色的大型貨櫃，一大群人從中搬運各式貨物，搬上停靠在港口邊的大型貨輪。

眾人彼此都很有默契地沉默不語，馬不停蹄地工作著，夜鷹穿越人群四處張望，似乎在找人，他走進一間鐵皮屋頂的工作中繼站，一個穿著無袖汗衫的肥胖男子坐在辦公桌前檢視著堆得滿天高的文件。

「嗨，夜鷹，你來的正好。」胖子說：「半個小時前安多洛夫聯絡我，說你要的東西準備好了，要我通知你一聲。」

夜鷹笑道：「這是近期最令人振奮的消息，太好了老馬，多謝你聯繫。」

老馬摸摸肥胖的肚楠說：「要不是你當初幫我湮滅證據，我的家人應該都被政府抓起來了，這點小事是應該的。不過我還是想問，你幹嘛聯絡安多洛夫那傢伙？你知道他是做什麼的吧？」

「我知道。」夜鷹不以為然地拉著一張椅子坐下。

「那你還要冒險？」老馬驚訝地問：「跟海盜打交道不會有好下場的。」

「其他人可能是這樣，但安多洛夫不同，他欠我的可多了。」夜鷹嚴肅地說：「老馬，謝謝你這陣子的照顧，要不是你，我們早被抓了，但我不告訴你實情是為了你的安全著想。」

「你說得對，你總是對的。」老馬喝了一口酒，點頭同意。

「這麼早喝酒對身體不好。」

「當餞別酒，也算幫你慶祝。」老馬倒了一杯給夜鷹：「待會船就可以出發了，你在這被監禁了十五年終於可以離開了。」

「暫時的，」夜鷹乾杯一飲而盡：「我會再回來，這個給我。」他拿起桌上的酒瓶站了起來，推開門時回頭問老馬：「對了，你有看到那小子嗎？」

老馬笑道：「老地方，我挺喜歡他的，只是他有點安靜。」

夜鷹搖晃著瓶身，讓玻璃內的液體發出鬱悶但飽滿的聲響，他笑道：「讓他沉澱一下，年輕人嘛，總有憂鬱期。」

幾隻海鳥停靠在深紅色大型起重機的單臂架上，夜鷹俐落地躍上欄杆，海鳥受到驚嚇，拍打白翅，飛往藍天。

陳強坐在走道的最底端，雙腳穿過欄杆的空隙，垂放在二十五公尺的高空，夜鷹用酒瓶敲了敲欄杆，清脆的聲響在炙熱的午後更顯刺耳。

「猜猜看，這次你死了幾次？」

「一次也死不了，我大老遠就聽見你的聲音，真要反擊你早摔死了。」陳強笑道。

「威士忌，喝嗎？」

「我戒酒了，越喝心情總是越糟。」

夜鷹在他旁邊坐下，獨自喝了一口，酒有些溫熱，這天氣坐在這根本活受罪。忽然他看到陳強手中的信紙好奇地問：「你看什麼？」

陳強遞給他「小傑寄來的。」

「真的？」夜鷹接過信紙仔細看著……

陳強哥哥、夜鷹叔叔好：

我在這裡過得很好，志工姊姊跟哥哥都很照顧我，這裡有很多跟我一樣的人，我交了好多好朋友，三餐都有好好吃。平時也有老師幫我們上課，這裡有一些年紀比我大很多的人，他們都是班長，我們要聽他們的話，好好把碗盤洗乾淨，房間打掃好。雖然他們有點兇，可是我知道他們都很關心我們。我最期待的，就是每天晚上大家睡在一起的時候，大家輪流講故事，好好玩，不像以前一個人睡好孤單。

爸爸可以來看我了嗎？我很乖，在這裡老師說的我都有做到，志工姐姐說我年紀再大一點就有資格當班長了，如果我表現得更好點，還會有獎牌，我要親自拿給爸爸看。陳強哥哥，爸爸呢？你不是說他去很遠的地方看醫生嗎？現在怎麼都沒來看我？難道我不乖嗎？還是我做錯了什麼？沒關係，爸爸說我就會改，我是個好孩子，不會讓爸爸生氣。

如果你們見到爸爸，要幫我轉達他喔，有空來看看我，你們過得好不好呢？好期待我們見面喔！可以的話能多帶一些衣服來嗎？這裡小朋友很多，冬天很冷需要衣服，拜託你們了。

祝天天開心

小傑

「你能瞞他多久？」

「我想不到任何方式跟他說建忠死了，真的，我想了一整晚。」

夜鷹將信紙遞還給他：「長痛不如短痛，不然當他最後發現，可能會恨死你。」

陳強瞇起雙眼，看著遠方被熱氣扭曲的景色：「他是該恨我。」

沉默喧囂了一陣，遠遠的可以看見大批人馬聚集在貨輪前。

「我最近常夢見我變成一隻老鼠，在一台車裡啃咬著一隻放在副駕駛座的布偶貓，它是黑色的，但頭卻是木頭做的。說起來不可怕，但夢裡真的很可怕。」

夜鷹抓住欄杆站起來：「如果你想多愁善感，我建議你改行當詩人，現在船快開了，這是非常遠的航程，你最好有心理準備。」

「我們真的只能離開?」陳強問。

「我說過很多次了,不然呢?」夜鷹不耐煩地說:「待在這讓政府送進另一個監獄嗎?」

「我真的很想她。」陳強皺著眉頭,聲音聽起來有些顫抖:「我已經很久沒夢到她了,但每一次閉上眼,我總是會看見她斷氣前的表情,你知道她死前對我說什麼嗎?她要我不要恨,但是……」陳強搖著頭:「這真他媽的不公平,我已經失去了一切,一切的一切,就算逃到國外又能怎麼樣?」

「不是一切。」夜鷹說:「那些為我們犧牲性命的人,全都被我們揹在肩上,你獲得了他們的命,要連他們的那一份活下去。」

陳強低下頭:「這太沉重。」

「你最好習慣,不然死去的靈魂將不得安寧。」

陳強問:「真的?」

「誰知道?操你的死文青,我就看你那張鬱悶的表情不爽編個理由嚇你,怎樣?」夜鷹笑著轉身離去:「想死沒人阻攔你,但要活下去,你最好找到一個好理由。」

陳強叫住了他:「這就是你的理由嗎?」

夜鷹沒有回話,繼續走著。

「我恨他!」陳強忽然大喊:「我要找到他,無論天涯海角我都要把他找出來!我要他為小靖的死負責！」

「負責？你要殺了他？」夜鷹停下腳步回頭問。

陳強閉上眼，表情痛苦不堪：「我不知道，但我就是得找到他。」

「那就去找答案。」

「把酒給我。」

夜鷹將酒遞了出去，陳強接過後一口氣將半滿的威士忌飲盡，他大口地喘著氣，高濃度的酒精讓他雙頰發燙

「我要打倒他！」陳強從口袋裡取出墜子，對夜鷹說：「謝謝你幫我把墜子搶回來，這對我非常重要。」

夜鷹聳聳肩，看著陳強在烈日下搖搖晃晃地前進。

貨輪發出巨獸般的嘶吼，低沉而冗長，太陽的光輝藉由海面反射的異常刺眼，夜鷹伸出手遮擋強光，對自己說謊這件事忽然有點後悔，但他很快就將這個念頭拋諸腦後。

要讓一個人振作起來，不只靠希望，恨也是其中一種。

他跟在陳強背後，理著紛亂的心緒，遙想著晦澀的難題。

END

後記

感謝老媽、An、華哥、Florian、Scott、Hanz、茄子、修女、賢章、駿哲、虹，沒有你們的支持與鼓勵，這本書不會完成。

最後特別感謝阿忠。

▶ 極地之惡

（讀品讀者回函卡）

■ 謝謝您購買本書，請詳細填寫本卡各欄後寄回，我們每月將抽選一百名回函讀者寄出精美禮物，並享有生日當月購書優惠！想知道更多更即時的消息，請搜尋"永續圖書粉絲團"

■ 您也可以使用傳真或是掃描圖檔寄回公司信箱，謝謝。

傳真電話：(02) 8647-3660　　信箱：yungjiuh@ms45.hinet.net

◆ 姓名：　　□男　□女　　□單身　□已婚

◆ 生日：　　□非會員　　□已是會員

◆ E-Mail：　　電話：（　）

◆ 地址：

◆ 學歷：□高中及以下　□專科或大學　□研究所以上　□其他

◆ 職業：□學生　□資訊　□製造　□行銷　□服務　□金融
□傳播　□公教　□軍警　□自由　□家管　□其他

◆ 閱讀嗜好：□兩性　□心理　□勵志　□傳記　□文學　□健康
□財經　□企管　□行銷　□休閒　□小說　□其他

◆ 您平均一年購書：□ 5本以下　□ 6～10本　□ 11～20本
□ 21～30本以下　□ 30本以上

◆ 購買此書的金額：

◆ 購自：　　市(縣)
□連鎖書店　□一般書局　□量販店　□超商　□書展
□郵購　□網路訂購　□其他

◆ 您購買此書的原因：□書名　□作者　□內容　□封面
□版面設計　□其他

◆ 建議改進：□內容　□封面　□版面設計　□其他

您的建議：

剪下後傳真、掃描或寄回至「22103新北市汐止區大同路三段194號9樓之1讀品文化收」

廣 告 回 信
基隆郵局登記證
基隆廣字第 55 號

2 2 1-0 3

新北市汐止區大同路三段 194 號 9 樓之 1

讀品文化事業有限公司　收

電話/(02)8647-3663　傳真/(02)8647-3660
劃撥帳號/18669219　永續圖書有限公司

請沿此虛線對折免貼郵票或以傳真、掃描方式寄回本公司，謝謝！

讀好書品嘗人生的美味

極地之惡